अंतर्मन

रजनीश चतुर्वेदी

ISBN 979-8-88684-636-2

लेखक से निम्न पते पर सम्पर्क किया जा सकता है:-

http://epandulipi.com/

epandulipi@gmail.com

'अंतर्मन' लेखक के अनुभव और उनसे निकले निष्कर्षों की अभिव्यक्ति है। सीधी सरल प्रेषणीय भाषा में कथ्य चलता रहता है। पाठक उसमें एकाकार भी हो जाता है। प्रथम प्रयास की दृष्टि से कृति प्रशंसनीय है। सेल्स के फ़ील्ड में मिलने वाले तनाव और श्रम की झलक मिली।

'अंतर्मन' एक दीर्घ कहानी है। एक दीर्घ कथा के विन्यास को भरसक समेट कर पूर्णता दी गयी है। इस कथा की पठनीयता ऐसी है की एक बार शुरू कर छोड़ नहीं सकते। कहानी का 'मैं' जीवन की जटिलताओं से टकराता रहा। अंतर्मन में आत्म संवाद का रूप लेती हुई कहानी पारदर्शी हो जाती है। पाठक मुख्य पात्र की त्रासदी के साथ निस्सहाय सा खड़ा रह जाता है।

सम्पूर्ण प्रयास सराहनीय है। प्रयास अविरल होते रहना चाहिए। तभी सम्पूर्ण प्रवाह आएगा।

शुभाशीष।

डा. रमा बाजपेयी

आभार

अंतर्मन मेरी पहली पुस्तक है। अंतर्मन एक ऐसे सेल्स मैनेजर अर्जुन की कहानी है, जो अपने जीवन के सबसे कठिन दौर से गुज़र रहा है। उसे ना केवल अपने कोरपोरेट जॉब में बल्कि अपने निजी जीवन में भी चुनौतियाँ मिल रही हैं। ऐसे में हताश और निराश अर्जुन पहुँच जाता हैं कुम्भ नगरी प्रयागराज जहाँ उसे साधु संतों के बीच में पता चलता है कि ईश्वर नें उसे एक अद्भुत शक्ति प्रदान की है।

अर्जुन को दरअसल अंतर्मन की एक ऐसी शक्ति प्राप्त होती है जिससे वो लोगों के मन की बात को सुन सकता है। उस शक्ति की मदद से अर्जुन अपनी कोरपोरेट जॉब मे उन्नति के शिखर पर पहुँच जाता है। लेकिन अर्जुन की असल परीक्षा की घड़ी तब आती है जब यही शक्ति अर्जुन के निजी जीवन में हानिकारक बन जाती है। अपनी उसी शक्ति से लड़ते हुए अर्जुन की संघर्ष गाथा है अंतर्मन।

हिन्दू धर्म के सबसे बड़े सांस्कृतिक समारोह कुम्भ की प्रष्ठभूमि में बुनी गई ये कहानी अंत तक पाठकों को बांध कर रखेगी।

ये रचना अमेज़न पेन टू पब्लिश 2019 कांटेस्ट में धूम मचा चुकी है और हजारों प्रतियों में इस पुस्तक को हिंदी भाषा वाली केटेगरी में विजेता घोषित किया गया है।।

इस पुस्तक को सफल बनाने के लिए और इतना ज्यादा प्यार देने के लिए सभी पाठकों का हृदय से धन्यवाद।

Contents

सेल्स रिव्यू

जैसे जैसे अन्य लोगों के प्रेज़ेंटेशन समाप्त होते जा रहे थे, वैसे वैसे अर्जुन कि बेचैनी बढ़ती ही जा रही थी। उसे समझ नहीं आ रहा था कि उसकी अपनी territory उत्तर प्रदेश में पिछले वर्ष जब सिक्यरिटी सिस्टम का कोई सरकारी काम भी नहीं निकला, ना ही कोई प्राइवट प्रोजेक्ट आया था, तो कम्पनी द्वारा निश्चित सेल्स टार्गेट वो कहाँ से कर पाता। जहाँ एक तरफ़ उसके सभी सहकर्मी एक एक करके अपने अपने क्षेत्र की उपलब्धियाँ गिना रहे थे, वहीं दूसरी तरफ़ तो अर्जुन के पास बताने के लिए कुछ भी ना था। यदि आपका टार्गेट पूरा हो तो आप अपने कार्यों के बारे में, कम्पनी के business को बढ़ाने के लिए अपने initiatives के बारे में बढ़ा चढ़ा कर बता सकते हो, लेकिन यदि आपका टार्गेट ही पूरा ना हो तो ये सारे टोटके काम नहीं आते। एक तो ये यू॰पी॰ के चुनाव भी उसी साल होने थे, जिसके कारण, आधा समय चुनाव की गहमा गहमी और तैयारियों में चला गया, और आधा समय चुनाव में। जो बचा खुचा समय था वो चुनाव के समाप्त होने के बाद नई सरकार के गठन में निकल गया। ऊपर से उस बार सरकार भी बदली थी। लोगों को आशाएँ थी की नयी सरकार तीव्र गति से नए काम निकालेगी और व्यापार में बढ़ोत्तरी होगी। लेकिन नयी सरकार ने अपेक्षा से अधिक

समय ले लिया। अब इसमें अर्जुन की क्या ग़लती थी, जबकि उसके सारे dealers भी ख़ाली ही बैठे थे।

अभी रजत का प्रेज़ेंटेशन चल रहा था, इसके पश्चात अर्जुन की ही बारी थी। बहुत सोचने के बाद भी वो अपना टार्गेट पूरा ना हो पाने का कोई उपयुक्त बहाना नहीं ढूँढ पा रहा था। रह रह के उसके मस्तिष्क में चुनाव ही आ रहे थे, हाँ चुनाव का बहाना ही ठीक रहेगा, बहाना क्यों, यही सत्य है। और इसी को पूरे आत्मविश्वास से गिनाना होगा। उसकी कम्पनी का नाम Securitas था, वैसे तो इस कम्पनी में पहले भी ऐसी बैठकें होती रहती थी किंतु वो सारी बैठकें क्षेत्रीय बैठकें होती थी जिसमें अर्जुन का बॉस जयंत लखनऊ आकर ही सब समझ लेता था, समझा देता था। लखनऊ के बाहर कम्पनी के भारतीय मुख्य कार्यालय बेंगलुरु में ये उसका पहला सेल्स रिव्यू था। पिछले साल किस किस कर्मचारी ने कितना business किया, और उस business को फैलाने में, उसका विस्तार करने में किस प्रकार की भूमिका निभायी, इन्हीं सब बिंदुओं की समीक्षा बैठक को सेल्स रिव्यू कहते हैं कम्पनी में। लेकिन कम्पनी के सेल्स कर्मियों ने इस समीक्षा बैठक की एक और परिभाषा निकाली थी - अपने एम्प्लॉईज़ को अपमानित करने के लिए आमंत्रित किए जाने को 'सेल्स रिव्यू' कहा जाता है। किंतु अब अपमानित होने की बारी अर्जुन की थी। "साले ये पिछले साल के प्रदर्शन पर जो भी टीका टिप्पणी करनी हैं अकेले में बुला के कर दिया करें। सबके सामने क्यों बुलाते हैं।"

यही सब सोचते सोचते अर्जुन का नम्बर आ गया। धड़कते दिल के साथ अर्जुन अपनी सीट से उठा और लैपटॉप को प्रोजेक्टर से जोड़ने लगा। सामने Securitas

कम्पनी के जनरल मैनेजर केतन सिन्हा जी बैठे थे, चूँकि उन्हें कम्पनी में इस पद पे आए हुए अभी दो महीने ही हुए थे, इस समीक्षा बैठक को लेकर वो भी संजीदा लग रहे थे।

"हाँ बताएँ अर्जुन जी - आपने क्या गुल खिलाए हैं"-

लगभग व्यंगात्मक सुर में बोलते हुए सिन्हा जी ने अपना रूख पहले ही स्पष्ट कर दिया था की भैया सावधान ये इतना आसान ना होगा, हम पूरी तैयारी से हैं, क्या तुम तैयार हो!! अब अर्जुन के पास कोई चारा ना था, उसने अपना प्रेज़ेंटेशन आरम्भ किया, और पहली ही स्लाइड पर जिसको लेकर वो सबसे अधिक चिंतित था, सिन्हा जी ने उसे टोक दिया। ये स्लाइड उसके पिछले वर्ष के प्रदर्शन के ऊपर थी। "क्यों भाई उत्तर प्रदेश इतना नीचे क्यों है टार्गेट से!!"

"सर वो पिछले साल प्रदेश में चुनाव थे ना इसीलिए......"

पहले से ही रटा हुआ और अनगिनत बार अभ्यास किया हुआ वाक्य अर्जुन के बोलने से पहले ही उसे सिन्हा ने फिर टोक दिया -

"यार चुनाव थे, तो चुनाव तो कई प्रदेश में थे पिछली साल, अन्यत्र कहीं तो ऐसी दिक्कत नहीं आयी, अर्जुन आप टीम में सबसे वरिष्ठ हैं, और आपसे हम अन्य किसी भी सदस्य से अधिक की आशा करते हैं"

सिन्हा जी का स्वर कठोर हो गया था - उस कक्ष में अर्जुन को ऐसा लगा जैसे कई दर्जन आँखे उस पर गड़ गयीं हैं, उसके सहकर्मी उसे ही घूर रहे थे, शायद वो प्रतीक्षा कर रहे थे की प्रतिकार में अर्जुन अभी कुछ

बोलेगा। किंतु अर्जुन से कुछ भी नहीं बोला गया, लेकिन सिन्हा जी यहीं नहीं रुके, वो कहते गए

-"और फिर हम लोग सेल्स के लोग हैं, हमारा काम है की यदि दिक्कत है तो उसके बाद भी हम कम्पनी द्वारा निर्धारित किए गए लक्ष्य की पूर्ति करें, यदि बाज़ार में काम स्वतः ही आने लगे और कहीं कोई दिक्कत ना हो तो फिर हमारी और आपकी ज़रूरत ही क्या है - we do not need you!"

केतन जी बोलते ही जा रहे थे और अर्जुन मात्र सुन रहा था, पता नहीं क्यों अपने पक्ष में उसे कुछ और क्यों नहीं सूझा। ऐसा प्रतीत होने लगा मानो जो आँखे अब तक उस पर गड़ी हुई थी और उसके अगले क़दम को लेकर उत्सुक थी, वो ही आँखे अब उसे देखकर हँस रही थीं। ये अत्यंत लज्जित करने वाली स्थिति थी। अर्जुन को लग रहा था की पृथ्वी अभी फट जाए और वो उसमें समा जाए।

रोलर कोस्टर

बेंगलुरु के होटल के एक कमरे में अर्जुन उदास सा बैठा हुआ शून्य में ताक रहा था, रात बहुत हो चुकी थी। आज का सेल्स रिव्यू उसके लिए किसी आपदा से कम नहीं था। सभी सहकर्मियों के सामने हुए इस अपमान को वो भूल नहीं पा रहा था, और सबसे ज़्यादा तो उसे इस बात का दुःख था की वो स्वयं कुछ बोला क्यों नहीं अपनी सफ़ाई में, क्यों चुप चाप खड़ा हुआ अपना बलात्कार करवाता रहा, क्यों। तभी फ़ोन की घंटी बजी तो अर्जुन शून्य से बाहर निकला, देखा उसकी धर्मपत्नी शिवानी का फ़ोन था।

"ये लो अब अपनी कीर्ति गाथा इनको भी सुनाओ"

जाने क्या सोचकर उसने फ़ोन काट दिया, वो अपने आप को बहुत अकेला पा रहा था आज। माता पिता की एक सड़क दुर्घटना में एक साथ हुई मृत्यु के बाद जीवन में कुछ भी अच्छा नहीं लग रहा था, सेल्स की भागदौड़ में भी सूनापन, प्रतिस्पर्धा से भरी इस दुनिया की भीड़ में भी एकाकीपन - सब कुछ व्यर्थ सा लग रहा था। अर्जुन के सामने ही उसका लैप टॉप खुला हुआ था, अनायास ही उसकी उँगलिया कीबोर्ड पर हरकत करने लगी,कुछ ही देर में सामने उसके माता पिता का चित्र सामने स्क्रीन पर खुला हुआ था। उसे वो दिन याद आ गया जब वो हृदय विदारक घटना हुई थी।

ये ६ महीने पहले की बात थी। उस समय अर्जुन अपनी पुरानी कम्पनी Ak Securities से त्यागपत्र दे चुका था, कारण उसे नयी कम्पनी Securitas से ऑफ़र आया था जो उसने स्वीकार भी कर लिया था, बस जोईन करना बाक़ी रह गया था। Ak Securities में पाँच साल बिताने के बाद एक नयी अंतर्राष्ट्रीयीय कम्पनी में जोईन करने की बात से अर्जुन से ज़्यादा उसके माता पिता उत्साहित थे। जिस दिन जोईन करना था उससे एक दिन पहले मम्मी पापा कानपुर में थे और रात मे फ़ोन पे बात हुई थी, अर्जुन को क्या मालूम था ये उसकी उनसे अंतिम बार बात हो रही है - सबसे पहले पापा फ़ोन पे थे - "कल तुम्हारा Securitas में पहला दिन होगा, बधाई हो बेटा, हम कानपुर से कल सुबह तड़के ही निकल पड़ेंगे जिससे तुम्हारे घर से निकलने ने पहले ही पहुँच जाए।"

फिर मम्मी ने फ़ोन ले लिया - "ख़ुश तो हो बेटा"

"हाँ मम्मी, बस थोड़ा घबरा रहा हूँ, पुरानी कम्पनी में मैं पूरी तरह से स्थापित हो चुका था, अब नयी जगह फिर से अपने आप को ढालना होगा, एक अंतर्राष्ट्रीय कम्पनी के वातावरण को भी समझना होगा। बस यही सब सोचकर थोड़ा चिंतित हूँ मम्मी, क्या मैंने सही निर्णय लिया है?"

मम्मी ये सुनते ही ठहाके लगा कर हंस पड़ी,

"घबराओ नहीं अर्जुन, तुम पाँच साल एक ही जगह रहकर शायद जीवन का एक नियम भूल गए हो - जीवन एक रोलर कोस्टर की तरह होता है, जिसमें उतार चढ़ाव अवश्यंभावी होते हैं। जिस प्रकार एक रोलर कोस्टर में कभी आप ऊपर आकाश छूने को तत्पर होते हो, तो कभी आपको धरती नीचे खींचती है, उसी प्रकार जीवन में भी

कभी आप सफलता की ऊँचाइयाँ छूते हो तो कभी असफलता आपको निम्नतम स्तर पर ले जाने का प्रयास करती है, - तुम्हें सिर्फ़ इस बात का ध्यान रखना है कि सफलता और असफलता दोनो ही परिस्थितियों में तुम्हें जीवन को समान रूप से जीना है। जब रोलर कोस्टर में बैठ ही गए हो, तो क्यों नहीं उसका आनंद लेते हो।चिंता ना करो हम लोग कल शीघ्र ही आ जाएँगे तुम्हारे घर से निकलने से पहले हम लखनऊ पहुँच जाएँगे।"

ये सुनते ही पता नहीं क्यों अर्जुन को ऐसे सुखद अवसर पर भी कुछ अजीब सा लगा, "कल क्यों आएँगे, इतने दिन से तो कानपुर में हैं, उन्हें आज ही यहाँ साथ में होना चाहिए था। नौ दिन से नवरात्रि की पूजा के बहाने वहाँ कानपुर में पैत्रक घर में हैं। इससे अच्छा तो कल भी ना आए" -

ये सोचते हुए अर्जुन ने फ़ोन काट दिया। शायद ये घड़ी अर्जुन के जीवन की सबसे महत्वपूर्ण घड़ी थी, ऐसे में वो मम्मी, पापा के अपने पास ना होने से थोड़ा परेशान और थोड़ा गुस्से में भी था।लेकिन फ़ोन पर उसने कुछ भी नहीं बोला,

"क्या हुआ, क्या बोले मम्मी पापा, कल आ रहे हैं ना?" -पास ही खड़ी अर्जुन की पत्नी शिवानी ने पूछा।

"कुछ नहीं आने दो कल तभी बात होगी, बोल रहे हैं कल भोर में तड़के ही आ जाएँगे" - अर्जुन बोला।

अगले दिन रोज़ के अपेक्षा अर्जुन की आँख थोड़ा जल्दी ही खुल गयी, देखा शिवानी उससे भी पहले की उठी हुई है, वो शायद नहा भी चुकी थी। घड़ी देखी सुबह का पाँच बज रहा है।

"क्या हुआ इतनी जल्दी कैसे नहा ली, अभी तो हमने चाय भी नहीं पी" अर्जुन ने उत्सुकतावश पूछा।

"आज तुम्हारे लिए इतना बड़ा दिन है, नहा लो तुम भी, मम्मी पापा को भी सात बजे तक आ जाना चाहिए, तो साथ में ही चाय पीएँगे।" -शिवानी जो शायद अपनी प्रतिदिन की पूजा की तैयारियाँ कर रही थी, अर्जुन की तरफ़ बिना देखे ही बोली। ये दिन अर्जुन के लिए वास्तव में बड़ा दिन था, मम्मी पापा जब भी कानपुर जाते हैं, तो प्रायः सात बजे तक आ ही जाते हैं। पापा को सुबह जल्दी उठकर ख़ाली सड़क पर गाड़ी दौड़ा लेना अधिक सुविधाजनक लगता है, ना की सुबह देर तक सोकर फिर भीड़ का सामना करना। ये सब सोचते हुए अर्जुन भी नहाने की तैयारियाँ करने लगा।

सब कुछ सामान्य चल रहा था, हाँ अर्जुन प्रतिदिन की अपेक्षा कुछ अधिक ही विचलित था, ये बेचैनी मम्मी पापा की प्रतीक्षा की थी, या नयी कम्पनी में जोईन करने के कौतूहल की थी, या शायद दोनो ही। वास्तव में जीवन में कुछ पल होते ही ऐसे हैं जो वैसे तो आपके लिए अपने आप में ही ख़ास होते हैं, लेकिन जब ये ही पल परिवार के ख़ास लोग साथ रहकर व्यतीत करते हैं, तो इनकी ख़ासियत कई गुना बढ़ जाती है। जीवन के अनेक खट्टे मीठे, अच्छे बुरे पलों में से ये कुछ अत्यंत ही आनंद दायक क्षण होते हैं, जिन्हें मनुष्य पूर्णता के साथ जीना चाहता है और फिर कालांतर में ये ही पल अविस्मरणीय हो जाते हैं।

यही सब सोचते हुए अर्जुन नहा चुका था, घड़ी देखी - समय सुबह का 6:30 हो रहा था,

"अब तो लखनऊ पहुँचने वाले होंगे ज़रा फ़ोन करो" - शिवानी बोली।

अर्जुन ने फ़ोन मिलाया - घंटी जा रही थी पर कोई जवाब नहीं आया। शायद गाड़ी चला रहे होंगे और पास ही होंगे, इसीलए फ़ोन नहीं उठा रहे होंगे, ये सोचते हुए ऐसे ही गिटार पर अपनी उँगलियाँ चलाने लगा। 7:45 हो गया था, और मम्मी पापा अभी तक नहीं आए थे, ना ही फ़ोन उठ रहा था, और पापा का कोई कॉल बैक भी नहीं आया था। अब अर्जुन को चिंता होने लगी थी। वो बार बार फ़ोन मिला रहा था, लेकिन हर बार निराशा ही हाथ लग रही थी, फ़ोन नहीं उठ रहा था।

15 मिनट बाद पापा के फ़ोन से कॉल बैक आया, अर्जुन ने झट से फ़ोन उठाया -

"पापा कहाँ हैं आप, फ़ोन क्यों नहीं उठा रहे थे।" अर्जुन लगभग चिल्लाते हुए बोला।

दूसरी तरफ़ थोड़ी देर सन्नाटा रहा, फिर एक अज्ञात आवाज़ आयी - "आप अर्जुन बोल रहे हैं ?"

"हाँ आप कौन हैं, पापा कहाँ हैं" - अर्जुन घबराते हुए बोला।

"देखिए इनका ऐक्सिडेंट हो गया है, आप कितना शीघ्र यहाँ आ सकते हैं, मैं उन्नाव थाने से बोल रहा हूँ" - उधर से आवाज़ आयी।

अर्जुन के पैरों से जैसे ज़मीन खिसक गयी थी।

"उन्हें ज़्यादा चोट तो नहीं आयी है, मेरी मम्मी से बात कराइए" अर्जुन की आवाज़ काँप सी रही थी।

"दोनो को ही चोटें आयी हैं, मैं इन्हें उन्नाव ज़िला अस्पताल भेज रहा हूँ, आप शीघ्रतिशीघ्र वहीं आएँ" - आवाज़ में हड़बड़ाहट ज़्यादा थी, सब कुछ ठीक होने का आश्वासन कम।

"देखिए वो ठीक तो हैं, कम से कम ये तो बता दीजिए, हम अभी निकल रहे हैं....." फ़ोन कट चुका था।

"मम्मी पापा का ऐक्सिडेंट हो गया है, मै उन्नाव जा रहा हूँ, उन्हें देखने" अर्जुन शिवानी से घबराई हुई आवाज़ में बोला। इससे पहले की शिवानी कुछ बोल पाती अर्जुन धड़धड़ाते हुए बाहर निकल गया। अगले कुछ ही क्षणों में उसकी वैगन आर सड़क में हवा से बातें करती हुई दौड़ रही थी, रह रह कर अर्जुन को किसी अनहोनी की आशंका हो रही थी। आज उसे उन्नाव बहुत दूर लग रहा था। इस बीच वो पापा के फ़ोन पर कई बार उस अज्ञात व्यक्ति से बात कर चुका था, उधर से कोई आश्वासन नहीं था, था तो सिर्फ़ शीघ्र आने का निर्देश।

1 घंटे के अंदर अर्जुन ज़िला अस्पताल के मुख्य गेट पर था, वैगन आर से उतरते ही सामने बहुत भीड़ पायी, कुछ पत्रकार लोग भी माइक कैमरा लिए दिख रहे थे। ये सब अर्जुन को अच्छा नहीं लग रहा था, भीड़ को चीरते हुए उसने अस्पताल के मुख्य गेट के भीतर प्रवेश किया, और ये क्या!! सामने उसने अपने जीवन का अब तक का सबसे हृदय विदारक दृश्य देखा। सामने उसके मम्मी पापा दोनो का शव ज़मीन पर रखा हुआ था। अर्जुन भागते हुए उनके पास पहुँचा, ज़मीन पर बैठकर वो उनके और निकट गया,

"शायद ये उसका भ्रम हो, शायद अस्पताल खुला नहीं है, तो ये लापरवाह लोग इन्हें यहीं पर लिटा गए

हैं, पर इतनी भीड़ क्यों है, पत्रकार यहाँ क्या कर रहे हैं"।

अर्जुन ने अभी भी अपना आपा नहीं खोया था, लेकिन वो घबराया हुआ था, उसने देखा मम्मी को तो कहीं कोई चोट आयी नहीं लग रही थी, उनका मुख अवश्य काला पड़ गया था, लेकिन उनकी आँखे बंद थी, वहीं पापा के कान के पीछे से ख़ून बह रहा था और उनकी भी आँखे बंद थी। उसने पापा को गोद में लेकर बैठाने का प्रयत्न किया, ऐसे में जो ख़ून मात्र कान के पीछे से बहता दिख रहा था, पता चला वो सर के पीछे के पूरे हिस्से पर गम्भीर चोट का परिणाम था। सारा माजरा देर से ही सही, लेकिन अर्जुन समझ गया था, मम्मी पापा अब सदा के लिए बहुत दूर चले गए हैं। अर्जुन पापा को गोद में लिए ही फूट फूट कर रोने लगा।

फिर उसने मम्मी की तरफ़ देखा, वो तो जैसे बेपरवाह निश्चिन्त सी आँखे बंद किए लेटी हुई थी, उन्हें अर्जुन की इस हालत से कोई लेना देना नहीं था, शायद उस भीड़ में किसी को भी अर्जुन की इस हालत से कोई लेना देना नहीं था, अर्जुन उस भीड़ में भी, अपने मम्मी पापा के साथ होते हुए भी एकदम अकेला था। इस अकेलेपन का अनुभव होते ही अर्जुन का पूरा शरीर जैसे कापने लगा, उसने हिम्मत करके मम्मी का सर भी अपनी गोद में लिया, और अब वो और भी ज़ोर ज़ोर से रोने लगा। "जीवन एक रोलर कोस्टर की तरह होता है, जिसमें उतार चढ़ाव अवश्यंभावी होते हैं" मम्मी की पिछले दिन बोली गयी ये बात अर्जुन को याद आने लगी,

"ये कैसा रोलर कोस्टर हैं मम्मी, ये तो कोई साधारण उतार चढ़ाव नहीं है, ये तो हर किसी के जीवन में नहीं आता है, मुझे ही क्यों चुना गया इसके लिए?"

अर्जुन का मन मन ज़ोर ज़ोर से चीख़ रहा था -

"मैं ही क्यों!!"

लेकिन उसके मुँह से कोई बोल नहीं फूट रहे थे,

"मैं ही क्यों!"।

"मैं ही क्यों" - होटल के उस कमरे में ये घटना याद करते करते अर्जुन लगभग चिल्लाने की अवस्था में आ गया था, आज भी उसके मन ये ही विचार आ रहा था, "मैं ही क्यों"। ऐसे रोलर कोस्टर की तो उसने आशा नहीं की थी। "मम्मी पापा आज आपकी कमी बहुत अखर रही है"। आम तौर पर ऐसे मौक़ों पर अर्जुन मम्मी से परामर्श ले लेता था, और के सेल्स रिव्यू के बाद वो अत्यधिक परेशान था, उसे ऐसे की किसी परामर्श की दरकार थी।

क्या होगा आगे, ऐसी स्थिति को कैसे सम्भाला जाए, मम्मी के कहे अनुसार यदि जीवन एक रोलर कोस्टर है, तो वो इस समय दुनिया के सबसे ख़तरनाक रोलर कोस्टर में बैठा है, जो केवल नीचे की तरफ़ ही गतिमान है, जीवन की ऊँचाइयाँ तो जैसे इसमें हैं ही नहीं, ऐसे रोलर कोस्टर का कैसे आनंद उठाया जाए। रात बहुत हो चुकी थी।ये सब सोचते सोचते अर्जुन लैप्टॉप गोद में लिए लिए ही सो गया।

रहस्यमय गिफ़्ट

रात्रि के २ बज चुके थे, अर्जुन होटल के उस कमरे में अपने बिस्तर पर सो रहा था, बग़ल में ही उसका लैप्टॉप लुढ़का हुआ सा था।

अचानक अर्जुन को जैसे उसकी मम्मी का स्वर सुनाई दिया - "उठो"।

अर्जुन की आँख खुली, देखा कमरे में कोई नहीं था, सोने से पहले उसने कमरे की बत्ती भी नहीं बुझाई थी, तो कमरे में पर्याप्त उजाला था। अर्जुन के बिस्तर के ठीक सामने एक सोफ़ा सेट और मेज़ पड़ी हुई थी, बायीं ओर कमरे का दरवाज़ा था जो बाहर होटल के गलियारे में खुलता था, और वहीं बिस्तर के दायीं ओर खिड़कियाँ थी, जो इस समय परदे से ढकी हुई थी। अर्जुन को लगा जैसे दायीं तरफ़ सबसे किनारे का पर्दा कुछ अधिक ही हिल रहा है। जबकि कमरे में पंखा नहीं है, centralised AC है। अर्जुन उत्सुकतावश बिस्तर से उठा, परदे को हटा कर देखा तो खिड़की का स्लाइडिंग डोर खुला हुआ था, जहाँ से उसे कमरे में मद्धम हवा सी आती प्रतीत हो रही थी। कमरे में अचानक से एक तीव्र गंध भी उसने अनुभव की। गर्मी के इस मौसम में भी अर्जुन को ठंड सी महसूस हो रही थी। जब अर्जुन खिड़की बंद करके बिस्तर की तरफ़ पलटा, तो

सामने का दृश्य देखकर उसके चेहरे पर आश्चर्य, ख़ुशी और कौतूहल के मिले जुले भाव आने लगे, -

"मम्मी पापा आप!!!!"

सामने सोफ़े पर उसके मम्मी पापा बैठे हुए थे!!

"क्या मैं स्वप्न देख रहा हूँ" अर्जुन बड़बड़ाया।

"आप लोग कैसे हो ?, कहाँ चले गए थे?, मैं बहुत परेशान और अकेला रहा"।

अर्जुन इस समय अविश्वास और आश्चर्य के मिश्रित सुखद अनुभव से गुज़र रहा था। उसने दो तीन बार अपनी आँख मली, किंतु सामने का दृश्य वैसे का वैसा ही था।

हमेशा की तरह पापा तो चुप ही रहे, मम्मी ही बोली - "अर्जुन, जब तक तुम अपने मैं का दायरा नहीं बढ़ाओगे जीवन भर अकेले ही रहोगे"।

"मतलब?"

"मतलब जिस प्रकार एक नदी अपने जल और वेग से मार्ग में आने वाली प्रत्येक वस्तु एवं जीव का भरण पोषण करती है, सबका जीवन सिंचित करती है, और किसी भी प्रकार के अपने पराए का भेद नहीं करती है, उसी प्रकार हम सबका जीवन भी एक प्रवाह ही है, हमारे अनुभवों का प्रवाह। ये जीवन प्रवाह कभी किसी के लिए रुकता नहीं है, सदैव गतिमान रहता है, एक नदी की तरह हमें अपने जीवन में आने वाली हर एक घटना का, हमसे टकराने वाले हर एक व्यक्ति का स्वागत करना चाहिए और आगे बढ़ते रहना चाहिए।फिर तुम कभी अकेला नहीं महसूस करोगे, याद रखो अर्जुन नदी का जल भी यदि किसी के लिए ठहर जाए तो वो मैला हो जाता है, किसी काम का

नहीं रहता।अपने जीवन को भी ठहराव से रोको, इसे मैला मत करो, लोगों के काम आओ"।

"मैं कुछ नहीं समझ पाया माँ"- अर्जुन ने फिर से आँख मलते हुए कहा।

माँ फिर मुस्कराई -

"अर्जुन मेरे कहने का तात्पर्य है, कि जीवन में तुम जिस जिस व्यक्ति से मिलते हो, उन्हें समझो, उन्हें जानो, उनकी समस्याएँ सुनो- पीछे मुड़ कर मत देखो, तुम स्वयं को कभी अकेला नहीं समझोगे, और तुम्हारी सारी समस्याएँ भी सुलझ जाएँगी"

अर्जुन अभी भी किंकर्तव्यविमूढ़ सा बिना किसी हाव भाव के खड़ा था।

माँ फिर बोली -

"ठहरो मैं तुम्हारे लिए कुछ लायी हूँ, ये चीज़ तुम्हें लोगों को समझने में मदद करेगी, लेकिन जिस दिन तुम्हें लगा की अब इसकी ज़रूरत नहीं है, उस दिन तुम जीवन को समझ चुके होगे। आश्चर्य है तुम एक सेल्समैन हो, फिर भी मुझे तुमको ये सब समझाना पड़ रहा है।"

ये कहकर माँ ने एक स्फटिक की माला अर्जुन की तरफ़ बढ़ा दी।

अर्जुन ने माला हाथ में ले ली, लेकिन मम्मी की अंतिम बात अभी भी उसे समझ में नहीं आयी थी।

इस बार माँ और पापा दोनो मुस्कराए, कमरे में फैली गंध और भी तीव्र हो गयी थी, इतनी की अर्जुन से सहा नहीं जा रहा था।थोड़ी ही देर में अर्जुन अपनी सुधबुध खो

चुका था, वो बिस्तर पर लुढ़क गया और गहन निद्रा मै चला गया।

अगली सुबह जब अर्जुन की आँख खुली, तो सबसे पहले उसने सोफ़े की तरफ़ देखा, वो ख़ाली पड़ा था, अपने सिरहाने देखा तो वहाँ अपने laptop और साथ ही साथ एक स्फटिक की माला को भी पाया। अर्जुन अवाक् रह गया, "इसका मतलब मम्मी पापा कल रात्रि सच में यहाँ आए थे"।

"क्या मतलब हो सकता है उनकी बातों का, उन्होंने मुझे सेल्स मैन क्यों कहा, ये माला मुझे लोगों को समझने में कैसे मदद करेगी।"

अर्जुन यही सब सोच रहा था।

"वे मुझे ये माला देकर क्यों चले गए, अपने बारें में भी कुछ नहीं बताया, मुझे तो ये भी नहीं पता है, उस दुर्भाग्यपूर्ण दुर्घटना में उनकी मृत्यु का असली कारण क्या था।"

"थोड़ी देर और बात हो जाती उनसे, माँ की बातों का तो किंचित मात्र भी अर्थ समझ में नहीं आया था"।

यही सब सोचता हुआ अर्जुन ऑफ़िस के लिए तैयार हो रहा था- Securitas के बेंगलुरु ऑफ़िस में रिव्यू का दूसरा दिन।

चाय की टपरी

आज सेल्स रिव्यू का दूसरा दिन था। पिछले दिन के अपमानजनक रिव्यू से निराश अर्जुन बीती रात की घटना से और भी अधिक परेशान था। मम्मी पापा के यूँ अचानक प्रकट हो कर ग़ायब हो जाना, और एक रहस्यमय भेंट के रूप में स्फटिक की माला देना उसे हैरान कर रहा था।

माला की गुत्थी सुलझाते सुलझाते अर्जुन का ऑफिस आ गया था, टैक्सी वाले को पैसे देकर अर्जुन उतरा ही था की ऑफ़िस के मुख्य गेट के बग़ल में चाय की टपरी से किसी नें उसे पुकारा -

"अर्जुन!!"

ये रजत सेल्स टीम के पूरे ग्रूप के साथ खड़ा था। रजत ऑफ़िस में अर्जुन का सबसे अच्छा मित्र और एक विश्वसनीय सहकर्मी था। दोनो एक दूसरे से ऑफ़िस की सारी बातें साझा करते थे।

"कल तो महफ़िल के सारे रंग भाई ने ही उड़ा लिए,

केतन के ईगो के गुब्बारे अकेले ही फुला दिए!!",

-ये सुनते ही पूरा ग्रूप ठहाके लगा कर हसनें लगा। रजत की आदत थी कविताओं, में तुकबंदी में बात करना। रजत की मज़ाक़ में बोली गयी ये बात अर्जुन को अपने उपहास जैसी ही लगी, अर्जुन चुप ही रहा।

रजत के समीप ही सिगरेट फूँकते हुए अमन भी खड़ा था।

"क्यों इतना दुखी हो यार, ऐसा जीवन में सभी के साथ कभी ना कभी होता है,"

अमन अर्जुन को ढाढ़स बँधाते हुए बोला। इस समय चाय की वो टपरी कम्पनी के सारे एम्प्लॉईज़ के लिए डिस्कशन का अड्डा बन गयी थी, सभी अर्जुन के साथ घटी पिछले दिन की घटना को लेकर चर्चा कर रहे थे।

"यार ये या तो जयंत को कहीं किसी दूसरे डिविज़न में चला जाना चाहिए या मैं ये नौकरी छोड़ दूँगा"

-सिगरेट का कश लगाते हुए अमन अपने बॉस जयंत के बारे में बोला।

"बहुत तंग करता है यार, रिव्यू में भी केतन के सामने हमें खड़ा कर देता है,मतलब सेल्स में कोई बड़ा ऑर्डर आए तो सारा क्रेडिट स्वयं ले लेगा और नम्बर पूरे ना हो रहें हो तो हमें सामने खड़ा कर देगा"।

जयंत इस पूरे ग्रुप का बॉस था, जो पूरा उत्तर भारत देखता था, और जयंत के बॉस थे कुख्यात केतन सिन्हा जो पूरा भारत देखते थे।

"कल अर्जुन के साथ जो कुछ भी हुआ वो सब जयंत के कारण ही हुआ"

- अपनी बात आगे बढ़ाते हुए अमन बोला।

"फिर भी कल की घटना से अर्जुन भैया पूरे Securitas प्रसिद्ध हो गए हैं!!

वो कहते हैं ना, हम नाम करते करते भी बेनाम रह गए,

और वो बदनाम हो कर भी महान हो गए"

- रजत की इस बात पर फिर से हँसी के ठहाके गूँज उठे।

अर्जुन हँसी मज़ाक़ के कतई मूड में नहीं था, वैसे रजत की बात सच थी, कल के रिव्यू के बाद से पूरे Securitas में दूसरे ज़ोन में भी लोग अर्जुन के बारे में ही चर्चा कर रहे थे, क्योंकि उत्तर भारत के बाद ये रिव्यू दूसरे हिस्सों में भी होना। हालाँकि कोई भी अर्जुन से सीधे सवाल नहीं पूछ रहा था, लेकिन केतन सर और अर्जुन के बीच हुए इस एकतरफ़ा संवाद की जानकारी हर कोई इकट्ठा कर रहा था।

थोड़ी देर में दूसरे दिन का रिव्यू भी शुरू हो गया। जयंत इस बार भी सभी टीम के सदस्यों को आगे कर रहा था, किंतु इस बार केतन सिन्हा जी थोड़े ठंडे ही रहे। शायद वो इस बार के लिए अपना शिकार कर चुके थे और अन्य लोगों को चेताने हेतु जो सनसनी पैदा करनी थी, वो भी सब तरफ़ फैल चुकी थी। दूसरा और अंतिम दिन बिना किसी कांड के बीता। केतन जी ने मीटिंग के अंत में चलते चलते भी अर्जुन को वॉर्निंग दे डाली

-"देख लो अर्जुन अपने नम्बर पूरे रखो, मेहनत करो फ़ील्ड पर"।

ऑफ़िस से बाहर निकलते निकलते रजत नें अर्जुन को फिर एक बार आवाज़ दी, इस बार दोनो अकेले में बात कर रहे थे।

"यार अर्जुन सॉरी यार, सुबह जो मैंने बोला वो मज़ाक़ में बोला, मुझे मालूम हैं तुम्हारे साथ ग़लत हुआ है"

"सुबह की सारी कहा सुनी साफ़ कर दे भाई,

अब जाते जाते तो मुझे माफ़ कर दे भाई"

"कोई नहीं भाई"!!

- रजत इस तुकबंदी से शायद पहली बार अर्जुन के मुख पर हल्की से मुस्कान तैर गयी।

परिवार

शिवानी सुबह से ही विचलित थी, आज अर्जुन को बेंगलुरु से वापस आना था। सेल्स रिव्यू के बाद से ही अर्जुन परेशान लग रहे थे, फ़ोन पर भी बहुत कम बात हुई, इतना ही बताया था अर्जुन नें कि रिव्यू अच्छा नहीं हुआ।

अर्जुन के माता पिता की मृत्यु के बाद अर्जुन अधिकांश समय चुप चुप ही रहते हैं, लेकिन जब कभी भी tour पर जाते हैं तो ज़रूर फ़ोन पर हालचाल देते रहते हैं। लेकिन इस बार तो फ़ोन पर भी चुप ही रहे। पिछली रात्रि हर बात का उत्तर हाँ, हुम्म में ही दे रहे थे।

"खाना खा लिया?"

"हाँ"

"कल वापसी है?"

"हाँ"

"तो रखें फिर"

"हुम्म"

इस तरह की बातचीत कोई पति और पत्नी के बीच की बातचीत होती है क्या?

- शिवानी ये सब सोच सोच कर और भी अधिक परेशान हो रही थी।

शायद कोई और होता तो अब तक दोनो के सम्बन्धों में शंका और अविश्वास के बीज पड़ चुके होते। लेकिन शिवानी को अर्जुन पर पूर्ण विश्वास था, बल्कि अर्जुन कि इस स्थिति के लिए वो कहीं ना कहीं स्वयं को भी दोषी मानती थी। यदि वो खाना बनाने और घर सम्भालने के इलावा परिवार की आय में भी अर्जुन का साथ दे सकती होती तो शायद अर्जुन इतना परेशान ना होते। ऐसा नहीं है की शिवानी और अर्जुन के घर किसी चीज़ की कमी थी, दोनो अर्जुन के माता पिता के घर में आराम से रह रहे थे।

Securitas जोईन करने के बाद अर्जुन ने लखनऊ में ही एक फ़्लैट और बुक करा लिया था अपने और शिवानी के नाम से, जिसके की होम लोन की किस्तें भी अर्जुन नयी कम्पनी की आय से आसानी से चुका रहा था। इसके इलावा अर्जुन नें भी कभी शिवानी से एक अतिरिक्त आय की आशा नहीं रखी थी।

लेकिन शिवानी अर्जुन की मानसिक स्थिति से और उसकी परेशानियों के कारण से पूरी तरह से परिचित थी, एक तो मम्मी पापा की आकस्मिक मृत्यु, फिर एकदम नयी नयी जॉब जहाँ अर्जुन को पहली बार एक MNC कल्चर का अनुभव मिला, और इन सब से ऊपर अर्जुन की सेल्स की नौकरी।वास्तव में अर्जुन अपनी सेल्स की नौकरी में स्वयं को असुरक्षित महसूस करते हैं, और यही उनकी सारी परेशानियों का कारण है। उन्हें लगता है, यदि कल को ये नौकरी ना रही तो क्या होगा। ऐसे में घर में एक अतिरिक्त आय का होना आवश्यक है, यही सब

सोचकर शिवानी नें कई बार अर्जुन से स्वयं भी कुछ करने की इच्छा व्यक्त की, लेकिन हर बार अर्जुन नें मना कर दिया।

शिवानी को लगता है कि यदि वो भी कुछ करके एक अतिरिक्त आय उत्पन्न कर सके, तो शायद अर्जुन का अपने सेल्स की जॉब खोने का भय कुछ कम होगा और वो अपने काम पर ध्यान केंद्रित कर पाएँगे।

अर्जुन के वापस आने का समय हो चुका था, लेकिन अभी भी उनका फ़ोन बंद था,शिवानी को किसी के आने से पहले की प्रतीक्षा की इन घड़ियों से अब असहजता सी होने लगी थी, पुराना अनुभव अत्यंत ही कटु जो था।

तभी दरवाज़े की घंटी बज़ी, शिवानी दौड़ते हुए दरवाज़ा खोलने गयी। अर्जुन आ चुके थे।

"तुम्हें इतनी देर कैसे हो गयी, कितनी परेशान थी मैं?"

- शिवानी नें दरवाज़ा खोलते खोलते ही पूछा।

"फ़्लाइट लेट हो गयी थी"-

अर्जुन नें भीतर प्रवेश करते हुए उत्तर दिया।

विवाद

रात के ग्यारह बज रहे थे। अर्जुन और शिवानी खाना खाकर बिस्तर पर लेते ही थे।

कमरे में AC चलने के बाद भी गरमी थी। अर्जुन शिवानी को अपने साथ बेंगलुरु में हुए सेल्स रिव्यू, और मम्मी पापा के मिलने से लेकर अगले दिन कमरे में उस स्फटिक की माला के मिलने के बारे में सारी बातें बता चुका था।

"अर्जुन! उस दिन तुम रिव्यू के कारण परेशान थे, स्वयं को अकेला महसूस कर रहे थे, मम्मी पापा का उस रात्रि को दिखना तुम्हारा भ्रम भी तो हो सकता है। प्रायः हम अपनी परेशानी में जिसे याद करते हैं, हमें उसके आस पास होने का भ्रम होता है।"- शिवानी अर्जुन से लेटे लेटे ही बोली।

अर्जुन छत की तरफ शून्य में निहारते हुए बोला -

"हो सकता है ये मेरा भ्रम हो शिवानी, लेकिन वो स्फटिक की माला अब भी मेरे पास है!"

ये कहते हुए अर्जुन ने अपने लैप्टॉप के बैग से वो माला निकाल कर शिवानी को दिखाई।

"शिवानी ये माला कोई भ्रम नहीं है, ना ही मेरा वो अनुभव जिस रात मुझे एक तीव्र गंध महसूस हुई थी।मम्मी पापा ठीक मेरे सामने ही सोफ़े पर बैठे थे, जैसे अभी तुम

मेरे सामने हो। मैंने उनसे ठीक उसी तरह ही बात की थी जैसे अभी मैं तुमसे बात कर रहा हूँ। मम्मी पापा ज़रूर मेरी मदद को आए थे।बस मुझे उनकी वो रहस्यमय बातें नहीं समझ में आयी।"

अर्जुन अपनी बात आगे बढ़ाते हुए बोला -

"माँ मुझे मेरे मैं का दायरा बढ़ाने को बोल रही थी, वो बोल रही थी की ये माला इसमें मेरी मदद करेगी, और मैं लोगों को समझ पाऊँगा, उसके बाद अगली ही सुबह मुझे ये माला मेरे लैप्टॉप के साथ ही मेरे सिरहाने रखी हुई मिली। ये सब भ्रम कैसे हो सकता है।"

बात करते करते रात का एक बज गया था, अर्जुन को अगले दिन इलाहबाद भी tour पर जाना था।फिर भी दोनो जाग रहे थे।

अर्जुन सेल्स में अपनी मुश्किलों और नौकरी को लेकर चिंतित था, वहीं शिवानी ये सोच कर परेशान थी की 'वो' बात अभी तक नहीं हो पायी थी। पता नहीं इस बार अर्जुन कैसी प्रतिक्रिया दें।

आख़िर एक लम्बे ठहराव के बाद शिवानी नें पूछ ही लिया -

"अर्जुन जानते हो उस दिन सेल्स रिव्यू में तुम्हारे उस भय का कारण क्या था"?

अर्जुन नें शिवानी की तरफ़ प्रश्न सूचक दृष्टि से देखा।

"क्योंकि तुम्हें अपनी नौकरी खो देने का डर है, चूँकि नौकरी खोने की स्थिति में हमारे पास एक अतिरिक्त आय

का कोई भी अन्य स्रोत नहीं है। तुम हम लोगों की चिंता के कारण सदैव एक तरह के दबाव में काम करते हो। यदि हम अन्य स्रोतों से भी कुछ कमा रहे होते, तो तुम workplace पर दबाव मुक्त होकर काम कर सकते हो, भले ही उस अन्य स्रोत से हमारी आमदनी थोड़ी बहुत ही हो रही होती।"

-शिवानी गुप चुप तरीक़े से अपने वास्तविक उद्देश्य की तरफ़ बढ़ रही थी।

"मैं तुम्हारी बात से सहमत हूँ शिवानी"

- अर्जुन अभी भी कुछ समझ नहीं पा रहा था।

"लेकिन ये जॉब मेरी फुल टाइम जॉब है, मैं इसमें इतना समय नहीं निकाल पाऊँगा की अलग से एक पार्ट टाइम जॉब भी करूँ, और ये नैतिक रूप से भी उचित नहीं होगा। मेरे Ethics मुझे एक और जॉब करने की स्वीकृति नहीं देते हैं।"

आख़िर शिवानी ने 'वो' बात भी कह ही दी -

"मैं ये सोच रही थी अर्जुन कि क्यों ना मैं ही कोई ऐसा काम कर लूँ जिससे घर के लिए एक अतिरिक्त इनकम का स्रोत हो जाए, जैसे के टिफ़िन सिस्टम, या पार्लर या फिर कुछ और? "

अर्जुन नें कोई प्रतिक्रिया नहीं दी, बस शिवानी की ओर एकटक देखता रहा।

शिवानी फिर बोली -

"देखो अर्जुन इसका कोई ग़लत अर्थ ना निकलना, मैं भी चाहती हूँ की तुम्हारी मुश्किलों में, तुम्हारे सुख में दुख

में तुम्हारा साथ दूँ। तुम्हारे साथ कंधे से कंधा मिलाकर जीवन की प्रत्येक परिस्थितियों में तुम्हारी समस्याओ का समाधान निकालने में तुम्हारी मदद करूँ। मुझे अत्यंत ही दुःख होता हैं जब मैं तुम्हें इस प्रकार दुखी और चिंतित देखती हूँ। मुझे मालूम है की तुम अपने परिवार के लिए यानी की हमारे लिए बहुत कुछ करना चाहते हो, तुम उन सपनों को पूरा करना चाहते हो जो हम दोनों नें मिलकर देखे हैं। लेकिन मैं तुम्हारी समस्या नहीं बनना चाहती हूँ, बल्कि समाधान बनना चाहती हूँ।"

इसके बाद कमरे में बहुत देर शांति छायी रही।

थोड़ी देर में अर्जुन नें ही चुप्पी तोड़ी -

"शिवानी तुम्हें ये क्यों लगता है कि मैं तुम्हें अपनी समस्या मानता हूँ, आज मम्मी पापा के जाने के बाद एक तुम लोग ही तो हो मेरे अपने, हाँ बस किसी बड़े की कमी खलती है। कभी ऐसा ना सोचना और ना ही ये सोचकर दुखी होना की इस घर, इस परिवार का भविष्य सुधारने में तुम्हारा कोई योगदान नहीं है।,और तुमको ये लगता है कि परिवार को आर्थिक रूप से सुद्रढ करने की लिए तुम्हें भी कुछ करना पड़ेगा तो ये तो इसका मतलब तुम्हें अपने पति पर भरोसा नहीं है"।

शिवानी को आज अर्जुन में जैसे कोई दार्शनिक दिख रहा था, अन्य दिनो की अपेक्षा अर्जुन आज शांत दिखने का प्रयास कर रहे थे, अन्यथा जिस प्रश्न पर दोनों के बीच में बहस हो जाती थी, आज उसी प्रश्न का वो बहुत ही संतुलित उत्तर दे रहे थे। किंतु शिवानी जानती थी अर्जुन ऐसी बातों से कितना विचलित हो जाते हैं, बाहर से भले ही वो शांत दिखने का प्रयत्न कर रहे हों, लेकिन अंदर ही

अंदर उठ रहे झंझावात को शिवानी अच्छे से पहचानती थी।

अभी शिवानी प्रतीक्षा कर ही रही थी की अर्जुन आगे कुछ और बोलें। किंतु कमरे में बहुत देर तक शांति छायी रही।

"अर्जुन..." - शिवानी नें अर्जुन से फिर कुछ कहना चाहा, लेकिन तब तक ख़र्राटों की आवाज़ नें उसे टोक दिया। अर्जुन तो शायद कब का सो गए थे।

प्रयागराज

सेल्स रिव्यू समाप्त हो चुका था और Securitas कम्पनी की सारी सेल्स टीम फ़ील्ड पर आ चुकी थी, कुछ को नए काम बनाने थे, नए नए के प्राजेक्ट्स में अपनी कम्पनी के उत्पादों के लिए अवसर ढूँढने थे, तो कुछ को त्वरित नम्बर (सेल्स टार्गेट) पूरे करने के लिए ऑर्डर्ज़ की तलाश में डिस्ट्रिब्युटर्स, अथवा dealers के यहाँ भटकना था।

अर्जुन भी आज इलाहबाद निकला हुआ था।

अर्जुन नें काले रंग की पैंट और सफ़ेद शर्ट पहन रखी थी। कंधे पर लैप्टॉप वाला बैग लटका हुआ था जिसमें लैप्टॉप के इलावा कम्पनी के catalogues भी रखे थे। आज अर्जुन नें मम्मी पापा द्वारा दी गयी स्फटिक की माला भी पहन रखी थी।

इलाहबाद में अगले वर्ष कुम्भ मेले का आयोजन होना था। इसी कुम्भ मेले के आयोजन में Securitas के लिए अवसर ढूँढता हुआ अर्जुन पहुँच गया कुम्भ मेले के ऑफ़िस में।

चूँकि मेले का केंद्र संगम और उसके निकट ही रहता हैं, मेला प्राधिकरण नें एक विशाल किंतु अस्थाई ऑफ़िस संगम के निकट ही त्रिवेणी रोड पर बनाया था। यहाँ से थोड़ी ही दूर, लगभग पाँच मिनट की दूरी पर संगम तट

था, जहाँ ये कहा जाता है की हिन्दू धर्म की पावन नदी गंगा, यमुना और सरस्वती मिलती हैं। गंगा और यमुना तो प्रकट रूप में दिखती हैं, लेकिन सरस्वती नदी कहते हैं भूमिगत हो कर यहाँ संगम में मिलती है। यहीं से प्रयाग के प्रसिद्ध लेटे हुए हनुमान जी का मंदिर भी पाँच मिनट की दूरी पर ही था।

अर्जुन नें देखा यह अस्थाई ऑफ़िस भी अत्यंत ही भव्य था, जिसमें अंदर जाने के लिए एक विशाल गेट था जिसके दोनो तरफ़ की दीवार पर सुंदर पेंटिंग की गयी थी, गेट के एक तरफ़ हिन्दू देवताओं के चित्र बने हुए थे, तो दूसरी तरफ़ दानवों के चित्र बने थे। ये दोनो देवता और दानव एक विशाल सर्प और पर्वत की मदद से समुद्र को मथ रहे थे। पर्वत गेट के एकदम बीचों बीच बना हुआ था जिस पर सर्प लिपटा हुआ था, जिसे देवता और दानव अपनी अपनी तरफ़ खींच कर मथनी का काम ले रहे थे।

गेट के भीतर घुसते ही एक विशाल ख़ाली मैदान था, जिसके चारों तरफ़ कुम्भ से ही सम्बंधित विभिन्न कार्यालय बने हुए थे। इन कार्यालयों की दीवारों पर भी सुंदर पेंटिंग्स बनी हुई थी। मैदान के एक कोने में एक विशाल LED स्क्रीन लगी हुई थी जिसमें कुम्भ मेले के बारे में, इससे जुड़ी पौराणिक कथाओं के बारे में जानकारियाँ दी जा रहीं थे। यह सब देखकर अर्जुन थोड़ी देर तक तो हतप्रभ सा खड़ा रहा। उसके आसपास लोगों की भीड़ अपने अपने काम के लिए कार्यालय के अंदर बाहर आ जा रहे थे।

तभी अर्जुन के फ़ोन की घंटी बजी - अर्जुन नें जेब से मोबाइल निकाला तो देखा दूसरी तरफ़ जयंत की काल थी -

"हाँ अर्जुन कहाँ हो"- सदैव की भाँति जयंत थोड़ा हड़बड़ी में दिख रहे थे।

"वो मैं इलाहबाद"

"तुम्हारे नम्बर कितने होंगे जल्दी से बताओं, मुझे केतन सर को अप्डेट देना है।"

जयंत ने अर्जुन की बात बिना सुने ही प्रश्न किया।

"इस महीने के नम्बर बता दो भैया, कितना पहुँचोगे"

भीड़ भाड़ के बीच अर्जुन एकदम से नम्बर बताने की स्थिति में नहीं था, लेकिन ये सेल्स में नया नहीं था -यदि आप सेल्स में हैं तो आपसे यही आशा की जाएगी की ना सिर्फ़ आप नए नए प्रोजेक्ट में अपनी कम्पनी के उत्पादों के लिए बाज़ार बनाएँगे, बल्कि अपने लिए तय किए गए सेल्स के टार्गेट को भी पूरा करेंगे।

अभी अर्जुन ये सब सोच ही रहा था उसे ध्यान आया दूसरी तरह जयंत अभी भी उत्तर की प्रतीक्षा कर रहा है।

"जयंत पूरा प्रयास कर रहा हूँ, मैं शाम तक तुम्हें अप्डेट करता हूँ"

-ये कहकर अर्जुन नें अभी के लिए पिंड छुड़ाने का असफल प्रयास किया।

"देखो अर्जुन इलाहबाद में ज़्यादा टाइम मत वेस्ट करना, इससे बेहतर प्राजेक्ट्स बनारस में हैं, वाराणसी स्मार्ट सिटी पर ध्यान दो। बनारस के डीलर से मिलो। नम्बर किसी बड़े प्रोजेक्ट से ही पूरे होंगे। वहाँ साधु संतों के बीच में नहीं"।-जयंत ने कटाक्ष करते हुए कहा।

"यह एक बड़ा आयोजन है जयंत, मुझे यहाँ भी सम्भावनाएँ कम नहीं दिख रही हैं।"

- अर्जुन जयंत के कटाक्ष को समझते हुए भी नजरंदाज करते हुए बोला।

"मुझे इससे कोई मतलब नहीं है अर्जुन, आप एक सीन्यर एम्प्लॉई हो, seasoned हो, आपसे मुझे केवल परिणाम चाहिए, हमें किसी भी हाल में नम्बर चाहिए"

- जयंत नें आख़िरकार सेल्स का सबसे कुख्यात dialogue बोलकर अपनी बात समाप्त की।

अर्जुन इस कुख्यात dialogue का मतलब भली भाँति समझता था, मतलब प्राजेक्ट्स हो ना हो, मार्केट में माँग हो ना हो, आपकी performance का मूल्याँकन मात्र आपके नम्बरों से किया जाएगा। साले ये वही लोग हैं जिन्हें हमेशा हथेली पे सरसों ज़माना होता है, जब नम्बर होंगे तब तो रेटिंग देते टाइम ये एकदम से दार्शनिक बन जाते हैं, और रेटिंग का आधार आपके गुणात्मक कार्यों को बनाते हैं - माने आपने कितने प्राजेक्ट्स कवर किए, किसी बड़े और प्रतिष्ठित प्रोजेक्ट को छोड़ तो नहीं दिया, आपके सम्बंध आपके भावी ग्राहकों से, आपके colleagues से कैसें हैं, नम्बर तो मार्केट में प्रोजेक्ट के आधार पर आ ही जाते हैं, स्वयं आपने कितनी मेहनत की, कितना पसीना बहाया, कितने सम्बंध बनाए।और इसके ठीक विपरीत जब नम्बर नहीं होतें हैं, मार्केट में सूखा पड़ा होता है, आपके अच्छे सम्बन्धों के बावजूद प्रॉडक्ट्स नहीं बिकते हैं, तब यही बॉस की क़ौम दर्शनिकता छोड़ कर hardcore sales में विश्वास करने लगती हैं, तब ये आपके गुणात्मक कार्यों की तरफ़ देखते भी नहीं हैं।

ये ऐसे ही है की यदि क्रिकेट में धोनी ज़ीरो पे आउट हो जाए तो fans उसे गाली देते हैं, और यदि धोनी दोहरा शतक लगा दे, तो fans उसकी बल्लेबाज़ी में तकनीक ढूँढते हैं, क्लास की फ़रमाइश करते हैं।

जो भी हो, फ़िलहाल अर्जुन को रेटिंग की चिंता कम नौकरी खोने का डर ज़्यादा था। केतन सर की आवाज़ अभी भी उसके मन मस्तिष्क में गूँज रही थे - "we do not need you"।

यही सब सोचते हुए माथे पर चिंता की रेखाएँ और चेहरे पर आशा और निराशा के भाव लिए अर्जुन कुम्भ मेले ऑफ़िस के गेट से भीतर प्रवेश करने लगा।

इतने में उसे लगा जैसे किसी नें उसे पीछे से पीठ पर थपकी दी।

पलट के देखा तो सामने नीले रंग के सलवार सूट में मुस्कराते हुए एक लड़की खड़ी थी।

"कैसे हो अर्जुन, आज भी वैसे ही चिंतित, वंचित दिखाई दे रहे हो"।

-वो लड़की शरारतपूर्ण मुस्कान के साथ बोली।

"हेलो वाणी" - अर्जुन सकपकाते हुए बोला।

"तुम आज भी सबके मन के भावों को पढ़ लेती हो" - अर्जुन खीज मिटाते हुए बोला।

"सबके नहीं सिर्फ़ तुम्हारे मन के भावों को अर्जुन!!"

सहसा ही अर्जुन के मन में जैसे कोई आवाज़ सी कौंधी, शायद वाणी की ही आवाज़।

ये सुनते ही अर्जुन नें वाणी की तरफ़ देखा, वो एकदम चुप थी।

"तुमने कुछ कहा अभी!!"

"नहीं तो"

"यही कि तुम मेरे मन के भावों को पढ़ सकती हो"

वाणी खिलखिला के हँस पड़ी, बोली -

"अरे इस पूरी भीड़ में तुम स्वयं देख लो, दुनिया व्यस्त है, भाग रही है, लेकिन किसी का भी चेहरा रोंतड़ू नहीं लग रहा तुम्हारी तरह। और तुम पिछले बीस मिनट से यहीं गेट पर खड़े हुए पता नहीं क्या सोच रहे हो, साफ़ दिख रहा हैं किसी चिंता से पीड़ित हो, मैंने बोला था, यहाँ पहुँचते ही मुझे कॉल कर लेना, वो भी तुमसे नहीं हुआ। तो इसका मैं क्या मतलब निकालूँ।, मैं क्या कोई भी तुम्हारे मन के भावों को पढ़ सकता है"।

"अब तुम बात बदल रही हो वाणी, मुझे स्पष्ट सुनाई दिया कि"-

अर्जुन बात पूरी करते करते रुक गया, पता नहीं ये अर्जुन का धोखा भी तो हो सकता है, वाणी भी क्या सोचेगी, एक तो इसी नें यहाँ बुलाया था लीड देने के लिए, और मैं इसी को अपने किसी भ्रम की वजह से असहज करूँ।

"क्या हुआ?" -अर्जुन को चुप होते देख वाणी नें पूछा।

"कुछ नहीं, शायद मुझे ही कुछ भ्रम हुआ होगा।"- अर्जुन नें बात सम्भाली।

"तो अब सदैव धीर गम्भीर दिखने वाले अर्जुन को एक नयी बीमारी भी हो गयी कान बजने की" - वाणी मुस्कराते हुए बोली।

"चलो कोई नहीं अब अंदर चलें, मैं चाहती हूँ तुम्हारी मेला अधिकारी से मीटिंग से पहले मैं तुम्हें कुम्भ मेले के बारे में आवश्यक जानकारी दे दूँ।"

अर्जुन वाणी के पीछे चल पड़ा, लेकिन वो अभी भी इसी उधेड़बुन में था की वाणी की वो आवाज़ वास्तव में वाणी की ही थी या उसका कोई भ्रम।

महाकुम्भ

वाणी अर्जुन के साथ अपने ऑफ़िस में बैठी थी। बैठते ही उसने दो चाय मँगाई।

अर्जुन नें ध्यान दिया ये एक consultancy ऑफ़िस था। वाणी शायद यहाँ की incharge थी। इसका ऑफ़िस भी मेला ऑफ़िस के विशाल प्रांगण के अंदर ही था।

"मैं बस एक ज़रूरी मेल भेज दूँ फिर हम बात करते हैं"

- ये कहकर वाणी अपने लैप्टॉप में व्यस्त हो गयी।

इस बीच अर्जुन भी ऑफ़िस का निरीक्षण करने लगा। वाणी जहाँ बैठी थी, उसके ठीक पीछे वाली दीवार पर कुम्भ मेले क्षेत्र का नक़्शा लगा हुआ था जिसमें मेला क्षेत्र को विभिन्न सेक्टरों में बाँट रखा था।मेले क्षेत्र के ठीक बीचों बीच हरे रंग के डॉट से मुख्य संगम क्षेत्र को इंगित किया हुआ था जिसमें नीले रंग से चिन्हित दो नदियाँ - गंगा और यमुना एक दूसरे में मिलती हुई दिखाई दे रही थी।

वाणी और अर्जुन के बग़ल वाली दीवार पर कुम्भ मेले का अधिकारिक logo का चित्र लगा हुआ था जिसमें संगम क्षेत्र के साथ साथ एक कलश और एक शंख बजाते हुए साधु के चित्र को भी मुख्य रूप से दिखाया गया था।

ऑफ़िस का निरीक्षण करते करते अर्जुन की दृष्टि वाणी पर जा टिकी। वाणी लैप्टॉप पर कुछ टाइप करती, फिर थोड़ी देर सीट पर टेक लगा कर कुछ सोचती और साथ ही साथ अपनी अंगुलियों से अपने बाल सुलझाती और थोड़ी देर बाद फिर टाइप करने लगती।वाणी आज भी ठीक वैसी ही लग रही थी जैसी कॉलेज के दिनों में लगा करती थी। वही कार्य कुशलता, वाक् पटुता और धीर गम्भीर व्यक्तित्व की स्वामी होने के बाद भी वाणी का वो हँसमुख भाव आज भी बदला नहीं था। और हाँ उसका वज़न भी नहीं बढ़ा था, जिसके कारण उसकी आयू में भी कुछ ख़ास परिवर्तन नहीं लग रहा था। कुल मिला कर वाणी आज भी उतनी ही आकर्षक लग रही थी।

"क्या देख रहे हो"-वाणी ने लैप्टॉप से बिना नज़र हटाए कहा।

"कुछ नहीं, देख रहा हूँ इन पाँच सालों तुम बिलकुल भी नहीं बदली"

"अच्छा!!, जैसे ? क्या क्या नहीं बदला"- वाणी ने लैप्टॉप पर टाइप करते करते पूछा।

"अरे मतलब तुम्हारा व्यक्तित्व, मेरा मतलब तुम्हारी पर्सनालिटी से है।" -अर्जुन नें संतुलित उत्तर दिया।

"हम्म ये भी बिलकुल नहीं बदला"- अर्जुन को लगा वाणी ने फिर कुछ कहा, लेकिन वो सामने बैठी अब भी लैप्टॉप पर टाइप कर रही थी।

"वाणी तुमने कुछ कहा क्या?"

लैप्टॉप बंद करके वाणी फिर से हँसी -

"यार आज तुम्हारे कान सही में बज रहे हैं, अब कुछ काम की बातें कर लें"

फिर वाणी नें अर्जुन को कुम्भ मेले के विषय में वो सब कुछ बताया जो उसे एक सेल्स पर्सन के रूप में ज्ञात होना चाहिए।जैसे कि वहाँ के घाटों पर व्यवथा, मेले के लिए ही बनाए गयी कालोनी में विभिन्न सेक्टर्स के बारे में, लोगों के रहने के लिए अस्थायी कॉटजेज़ के बारे में। लगभग सभी कुछ।

"अब तुम ये बताओ कुम्भ मेले के बारे में तुम क्या जानते हो?"

- वाणी नें बीस मिनट अर्जुन को सारी जानकारी देने के बाद पूछा।

"यही की ये एक बारह साल में एक बार लगने वाला मेला है, जो पूरे दो महीने चलेगा, और इसमें देश के विभिन्न हिस्सों से श्रद्धालु गण, साधु संत समाज और पर्यटक आते हैं। इसी भीड़ में किसी भी अप्रिय घटना को record करने के लिए मुझे अपनी कम्पनी के cctv को पिच करना है, और साथ ही साथ मेटल detectors इत्यादि!"- अर्जुन नें कुम्भ के ऊपर थोड़ी बहुत रिसर्च कर ली थी।

"बिलकुल सही कहा अर्जुन, लेकिन एक बात याद रखना चूँकि कुछ ख़ास दिनों में यहाँ ये भीड़ करोड़ों में होती है, तो घटनाओं को record करना ही लक्ष्य नहीं है बल्कि मेला अधिकारी सर की मुख्य प्राथमिकता श्रद्धालुओ की सुरक्षा भी होगी और किसी भी अप्रिय घटना को रोकने में जो भी सहायता की जा सकती है, उसका वो स्वागत करेंगे।"- वाणी नें आगे समझाया।

"और इन सब में तुम्हारी क्या भूमिका है।" अर्जुन नें पूछा।

"इस बार पहली बार कुम्भ मेला प्राधिकरण नें मेले के लिए एक सलाहकार को नियुक्त किया है, मैं उसी सलाहकार यानी की consultancy फ़र्म की एम्प्लॉई हूँ।" -वाणी नें समझाया।

"ठीक है तो क्या तुम सर से मेरा अपॉट्मेंट ले लोगी"

"अपॉट्मेंट के चक्कर में पड़े तो सर से पूरा मेला समाप्त होने के बाद ही मिल पाओगे, वो अत्यंत व्यस्त रहते हैं और उनके कमरे में सदैव आगंतुकों की भीड़ रहती है, तुम तो बस चले जाओ मिलने। और याद रखना तुम्हारे वक्तव्य के पहले दस सेकंड में ही सर निर्णय ले लेंगे की तुम्हारे ऊपर उन्हें और समय बर्बाद करना है कि नहीं, इसीलिए सोच समझ कर शुरू करना, अपनी कम्पनी का महिमामंडन कम करना और जनता की सुरक्षा को ही केंद्र में रखना, बिलकुल भी ...."

"समझ गया समझ गया, तुम तो मुझे ऐसे समझा रही हो जैसे मैं कोई तीन साल का बच्चा हूँ और playgroup में दाखिला लेने जा रहा हूँ, और मेरा इंटव्यू होने वाला है"-अर्जुन नें वाणी को बीच में टोकते हुए कहा।

"ओके, ऑल द बेस्ट!!!!"- अर्जुन का आत्मविश्वास देख वाणी अपनी कुर्सी से उठ खड़ी हुई।

"आओ अर्जुन, तुम्हें इस पूरे प्रांगण का भ्रमण कराएँ, इसकी भव्यता देखकर तुम ये भूल जाओगे की ये एक अस्थाई निर्माण है, केवल मेला की अवधि तक के लिए!!"

अर्जुन और वाणी उस कक्ष से बाहर निकल आए। अर्जुन नें देखा सम्पूर्ण मेला ऑफ़िस ना केवल भव्य था, बल्कि सुंदर भी था। बाहर गलियारे की दीवारों पर भी बहुत ही ख़ूबसूरत चित्रकारी की गयी थी। कहीं साधुओं का झुंड दर्शाया गया था, जो मस्त, बेपरवाह सा अपनी ही मौज में कहीं जा रहा था, तो कहीं संगम तट पर श्रद्धालुओं को नहाते हुए दर्शाया गया था।

एक चित्र के आगे आकर वाणी ठहर गयी - "इतने दिनो बाद मिले हैं अर्जुन आओ एक सेल्फ़ी हो जाए"।

अर्जुन का हाथ पकड़ कर वाणी उसे चित्र के ठीक आगे खींच लायी और मोबाइल निकाल कर उसके समीप खड़ी हो गयी। अर्जुन ये थोड़ा अजीब लगा, वाणी तो ऐसे कर रही है जैसे अब भी कॉलेज के दिनों में ही है।

इतनी देर में वाणी नें अपना मोबाइल आगे पीछे कर के, मुस्कराते हुए एक पर्फ़ेक्ट सेल्फ़ी खींच ली।

मीटिंग

अर्जुन मेला अधिकारी के कक्ष में बैठा हुआ था। जैसा कि वाणी नें बताया था, कमरे में बहुत भीड़ थी।सर के ठीक सामने रखी हुई टेबल के आगे पाँच कुर्सियाँ पड़ी हुई थी, उन पाँच कुर्सियों के आगे और भी पाँच कुर्सियाँ रखी थी। इस प्रकार सर के सामने पच्चीस कुर्सियाँ रखी हुई थी और सारी की सारी भरी हुई थी।

अर्जुन तो कमरे की दीवारों के साथ लगी हुई अतिरिक्त पड़ी हुई कुर्सियों की कतार में बैठा था। उसनें देखा कमरे में विभिन्न ठेकेदारों, मेले से जुड़े अधिकारियों, अन्य सरकारी विभाग के कर्मचारियों के इलावा बहुत से साधु संत भी जमा थे। मेला अधिकारी सर एक एक कर के सबको समय दे रहे थे। किसी को सर से काम था जैसे अर्जुन को है, किसी को सर नें स्वयं बुलाया था मेला से सम्बंधित व्यवस्थाओं पर चर्चा करने के लिए। साधु संत समाज मेले में अपना शिविर लगाने हेतु तरह तरह की प्रार्थनाएँ लेकर आया था।

सर एक दल से चर्चा करके दूसरे को बुलाते जाते और प्रयत्न करते की काम की बात की चर्चा शीघ्रतिशीघ्र हो जाए। जिस अनुपात में लोग कमरे में अपनी बात रख के कमरे के बाहर जा रहे थे, उसी अनुपात में और भी लोगों का दल कमरे में प्रवेश कर रहा था, शायद बहुत से लोग

कमरे के बाहर भी बैठे थे।इस बीच मेला अधिकारी सर एक सेकंड के लिए भी ख़ाली नहीं बैठे थे, लोगों से बातचीत करने के साथ साथ वो फ़ोन पर आने वाली काल्स भी ले रहे थे। अर्जुन नें कभी भी किसी प्रशासनिक अधिकारी को इतना व्यस्त नहीं देखा था। केवल व्यस्तता की बात होती तो भी ठीक था, लेकिन इस पूरे प्रकरण में बहुत सी चर्चाएँ तनावपूर्ण भी थी। लेकिन आगंतुकों का आना फिर भी थम नहीं हो रहा था।

"ऐसे तो हम कभी भी इनसे मिल ही नहीं पाएँगे, आगंतुक गण कितने बजे तक आते हैं, मतलब कुछ समय सीमा की भी तो अनुमति होगी?"

-अर्जुन नें पास ही बैठे एक अन्य आगंतुक से पूछा।

"कभी कभी उनको रात का एक भी बज जाता है"- उत्तर मिला।

"तो ये सोते कब हैं, घर कब जाते हैं?"

उस व्यक्ति नें कमरे में ही दूसरे कोने पर एक दरवाज़े की तरफ़ संकेत किया -

"वो देखो, उस तरफ़ सर का बेडरूम हैं, जिससे समय समय पर वो विश्राम कर सकें"

ये सब अर्जुन को चकित कर देने वाला लगा, मेले की तैयारियाँ वास्तव में युद्ध स्तर पर चल रहीं थीं। वो सोचने लगा

"पता नहीं मुझे समुचित समय मिल पाएगा की नहीं, और मिल भी जाएगा तो इतनी भीड़ के बीच कितनी अर्थपूर्ण बात हो पाएगी ?"

थोड़ी देर में सर नें अर्जुन को बुलाया, अर्जुन अपना लैप्टॉप लेकर सर के सामने वाली ही पाँच कुर्सियों में से एक पर बैठ गया।

"हाँ अर्जुन जी बताएँ" मेला अधिकारी सर नें अर्जुन का विज़िटिंग कार्ड देख कर पूछा।

अर्जुन नें पिच करना शुरू किया -

"सर मैं Securitas कम्पनी से हूँ, हम लोग security systems का काम करते हैं। जैसा कि अनुमान है, कुम्भ मेले में करोड़ों की संख्या में लोग आएँगे, हमारे Security प्रॉडक्ट्स - CCTV, मेटल Detectors, Baggage Scanners इत्यादि किसी भी अप्रिय घटना को रोकने में सक्षम होंगे और यदि कोई दुर्घटना हो भी जाती है तो हम CCTV से उस घटना की रिकॉर्डिंग का अध्ययन करके उसके कारण का पता भी लगा सकते हैं।"- अर्जुन नें अभी बात शुरू ही की थी कि उसके अंतर्मन में एक बार फिर से एक आवाज़ कौंधी -

"हम्म एक और सिक्यूरिटी वाली फ़र्म"

अर्जुन नें देखा मेला अधिकारी सर उसे ही देख रहे थे और उसकी बात पूरी होने की प्रतीक्षा कर रहे थे।

"सर आपने कुछ कहा क्या" अर्जुन नें पूछा।

"नहीं आप अपनी बात जारी रखिए" -आसपास भारी भीड़ के बाद भी सर का ध्यान अभी भी अर्जुन की ही तरफ़ था।

"हाँ तो सर वो मैं कह रहा था, की हमारे CCTV ना केवल घटना की live रिकॉर्डिंग करेंगे, बल्कि यदि किसी

की लापरवाही से कुछ ग़लत हो भी जाता है तो उस रिकॉर्डिंग को देखकर दोषियों को भी पकड़ा जा सकता है।"

मेला अधिकारी - "और"

"और इसलिए कुम्भ मेले की भारी भीड़ में जिस प्रकार की सुरक्षा की आवश्यकता है, हमारे CCTV की निगरानी से वैसी सुरक्षा दी जा सकती हैं"

- सुरक्षा पर ज़ोर देते हुए अर्जुन ने वाणी वाली बात दोहरा दी।

अर्जुन अपनी बात तो रख रहा था लेकिन जैसा वाणी बोल रही थी, क्या सही में उसके कान बज रहे हैं, क्योंकि वो आवाज़ -

"हम्म एक और सिक्यरिटी वाली फ़र्म", -

अर्जुन नें वो आवाज़ स्पष्ट रूप से सुनी, लेकिन उस समय सर के होंठ बंद थे, वो तो उसकी बातें सुन रहे थे, वो लाइन सर नें नहीं बोली तो किसने बोली। और यदि सर नें बोली तो इसका मतलब अन्य लोग भी सिक्यरिटी सिस्टम के संदर्भ में सर से मिल चुके हैं, तो फिर इतना व्यस्त होते हुए भी ये अभी सिर्फ़ टाइम तो पास नहीं करेंगे।

"अर्जुन जी बताएँ" मेला अधिकारी सर नें फिर पूछा।

साथ ही अर्जुन मस्तिष्क में फिर से वो आवाज़ कौंधी-

"अभी तो सर्वे भी नहीं हुआ, CCTV की संख्या भी ज्ञात नहीं, और फिर हमें किसी दुर्घटना का पोस्ट मॉर्टेम नहीं करना है, घटना को ही रोकना है"

अर्जुन नें देखा सर चुप थे, उसने घबरा के अपने आगे पीछे देखा, पूरा हॉल उसे ही घूर रहा था, हर कोई सोच रहा था की इनकी मीटिंग समाप्त हो तो उनका नम्बर आए।

अर्जुन नें देखा - मेला अधिकारी सर अभी भी धैर्य बनाए हुए थे और अर्जुन से उत्तर की अपेक्षा कर रहे थे।

आख़िर वो बोल ही पड़े -

"अभी तो CCTV की कोई ज़रूरत नहीं है अर्जुन जी, हमारे consultants इस समस्या का समाधान निकाल रहे हैं। आपकी ज़रूरत पड़ेगी तो आपको अवश्य याद किया जाएगा"।

इतना सुनना था की पीछे की कुर्सी वाले आगंतुक गण अपनी जगह से खड़े हो गए ये सोचकर की इनकी मीटिंग समाप्त होने वाली है, और उनका नम्बर आ गया है।

इतने में अर्जुन नें आख़िरी दाव खेला -

"ओके सर, मैं एक बात और रखना चाहता हूँ जब भी ज़रूरत पड़े हमारी कम्पनी यहाँ के घाटों का, संगम मार्ग का, मेला क्षेत्र का पूरा सर्वे करेगी और CCTV की संख्या निकालने में भी मदद करेगी। और हाँ Securitas के CCTV की एक सबसे महत्वपूर्ण बात ये है कि ये भीड़ में live रिकॉर्डिंग तो करेगी ही, इसके साथ साथ उराकी उन्नत analytics कुछ ख़ास इवेंट्स पर अलार्म भी सक्रिय करेगी। जैसे यदि किसी निषेध स्थान पर कोई संदिग्ध गतिविधि हो रही है तो CCTV उस इवेंट पर अलार्म देकर सभी सुरक्षा एजेंसियों को सावधान भी करेगा। इस प्रकार ये किसी घटना की निगरानी तक सीमित नहीं रहेगा बल्कि अप्रिय घटनाओं को रोकने में भी मदद करेगा।"

मेला अधिकारी थोड़ी देर शांत रहे, उनकी आँखो की चमक बता रही थी, कि अर्जुन ये बात उन्हें जँच गयी।

"हम्म ठीक है, फिर तो आप अभी से काम पर लग जाएँ, मैं अपने consultant को फ़ोन कर देता हूँ, आप उनसे मिल लें। किंतु ध्यान रहे आपके सर्वे करने के बाद CCTV एक पारदर्शी प्रक्रिया से ही ख़रीदे जाएँगे, नो कमिट्मेंट्स from our side"

- मेला अधिकारी ने स्पष्ट किया। अर्जुन के लिए इससे संतोषजनक उत्तर और कुछ भी नहीं हो सकता था। कम से कम इसी बहाने इस प्रोजेक्ट से जुड़े रहने का अवसर तो मिला।

आख़िरकार एक सफल मीटिंग करके अर्जुन कमरे के बाहर निकल आया। इलाहबाद में पहला दिन ही सफल रहा।

शक्तियाँ

शाम का पाँच बज रहा था। इलाहबाद के होटल लेजेंड के कमरा नम्बर 303 में अर्जुन गहन चिंतन की मुद्रा में था। चूँकि पहला दिन सफल रहा तो उसने कुछ दिन रुक कर इलाहबाद में ही काम करने का निर्णय लिया था, और फिर वो यह भी चाह रहा था की साइट सर्वे में कम्पनी की टेक्निकल टीम को शामिल करने से पहले एक बार स्वयं भी साइट पर भ्रमण कर ले।

लेकिन अभी उसकी चिंता का कारण उसकी नयी कान बजने की बीमारी थी। पहले वाणी की आवाज़ वाणी से बात करते समय उसे अपने अंतर्मन में सुनाई दी, फिर मीटिंग के दौरान मेला अधिकारी की आवाज़ भी सुनाई दी। दोनो ही स्थितियों में सामने वाला प्रत्यक्ष रूप से कुछ नहीं बोल रहा था, सिर्फ़ उसकी आवाज़ ही उसके अंतर्मन में गूँज रही थी। और ये भी सत्य है, की उस आवाज़ के कारण ही मीटिंग में अर्जुन को मदद मिली और वो अपनी बात को उसी तरीक़े से सामने रखने में सफल हो पाया, जिस तरीक़े से मेला अधिकारी चाह रहे थे। मतलब उसने उन्हीं समस्यायों के निदान की बात करी जिनके बारे में सर सोच रहे थे।

"एक मिनट" - अर्जुन के दिमाग़ की बत्ती जली।

"ये तो मैंने सोचा हीं नहीं था!! मतलब मैं उन लोगों के मन की बात समझ रहा था"- ये सब सोचते हुए अर्जुन का दिल ज़ोर ज़ोर से धड़कने लगा।

"मतलब सामने वाला जो सोच रहा था अपने मन में, साला वही सोच, उनकी आवाज़ के रूप में गूँज रही थी मेरे मन में!!!! हे माँ!!!"

अर्जुन के लिए ये ख़ुलासा किसी बड़े विस्फोट से कम नहीं था। वो कुर्सी छोड़ कर धम्म से ज़मीन पर बैठ गया।

"मतलब मेरे अंदर लोगों के मन की बात को समझने की शक्ति आ गयी है!!, लेकिन कैसे" -अर्जुन अभी भी विचलित था।

":ये चीज़ तुम्हें लोगों को समझने में मदद करेगी" -अर्जुन को माँ की ये बात याद आ रही थी।

"अरे नहीं, तो क्या! ये मतलब था उनका, क्या ये माला का कमाल है ?"- अर्जुन का सोच सोच के दम घुटा जा रहा था।

अर्जुन फ़र्श से उठकर होटल के बिस्तर पर बैठ गया और फ़ोन करके एक चाय ऑर्डर की।

"शिवानी को ये बात बताता हूँ" - ये सोचते हुए उसने शिवानी को फ़ोन मिलाया।

दूसरी तरफ़ घंटी गयी, लेकिन फ़ोन नहीं उठा। अर्जुन नें दो तीन बार फ़ोन मिलाया।

इतनी देर में डोर बेल बजी, अर्जुन नें दरवाज़ा खोला, देखा बेयरा चाय लेकर आ गया था। अर्जुन चाय लेकर लैप्टॉप के सामने बैठ गया, उसे जयंत को इस महीने के

नम्बर की रिपोर्ट भी भेजनी थी। थोड़ी देर उसने अपना ध्यान सामने खुली हुई excel शीट्स पर लगाने का प्रयत्न किया। लेकिन उसे रह रह कर अपनी नयी नयी मिली हुई शक्ति के बारे में विचार आ रहा था।

"तो क्या वाणी से बात करते समय जो आवाज़ सुनायी दी थी, वो भी उसके मन की आवाज़ थी?" - अर्जुन सोच रहा था।

इतनी देर में फ़ोन की घंटी बजी, अर्जुन नें देखा शिवानी का फ़ोन था।

"हाँ शिवानी यार कहाँ थी तुम? तुम्हें बहुत देर से ट्राई कर रहा हूँ, एक ज़रूरी बात बतानी है"- अर्जुन नें फ़ोन उठाते ही पूछा।

"कुछ नहीं वो ज़रा फ़ोन पीछे चार्जिंग पे लगा था, और मैं पोर्टिको में थी, तुम कैसे हो? दिन कैसा गया?"- शिवानी नें कहा।

अर्जुन अभी कुछ कहना ही चाह रहा था की उसे शिवानी की भी आवाज़ अपने अंतर्मन में सुनाई दी -

"*केशव से बात करते करते समय का पता ही नहीं चला।*"

अर्जुन अब तक समझ चुका था, ये शिवानी के अभी के विचार ही उसके मन में कौंध रहे हैं। केशव अर्जुन का अत्यंत घनिष्ठ मित्र था, जो घर आते जाते अब शिवानी के साथ भी जुड़ चुका था और अर्जुन के परिवार से उसके घरेलू सम्बंध हो गए थे। अर्जुन जब भी tour पे रहता था तो शिवानी प्रायः उससे बात करने और ज़रूरत की किसी रोज़मर्रा कि वस्तु मंगवाने में हिचकती नहीं थी।

तो शिवानी को अर्जुन से केशव के बारे में छिपाने की क्या आवश्यकता पड़ गयी थी। क्यों उसने फ़ोन के विषय में झूठ बोला? या शायद वो ऐसे ही बताना ही भूल गयी हो।

लेकिन ऐसी क्या बात कर रहे थे दोनो, जो शिवानी को फ़ोन की घंटी भी नहीं सुनाई दी।

बहरहाल अर्जुन अब तक समझ चुका था, ये शिवानी के अभी के विचार ही उसके मन में कौंध रहे हैं जो शिवानी प्रत्यक्ष रूप से उसे या तो बताना नहीं चाहती या किसी कारणवश जल्दी में बताना भूल गयी है। अतः उसे नज़रंदाज़ करते हुए अर्जुन नें शिवानी को उस दिन की सारी जानकारी दी।

अर्जुन - "शिवानी मुझे लगता है यहाँ कुछ दिन और लगेंगे, मैं अभी यहीं रुका हूँ, तुम अपना ध्यान रखना।"

शिवानी - "ठीक है, लेकिन तुम कुछ ज़रूरी बात बताने वाले थे?"

"ओ हाँ...."- अर्जुन अभी सोच ही रहा था की अपनी उस शक्ति के बारे में बताए या ना बताए जिसने अभी अभी शिवानी का झूठ पकड़ा था, कि उसे वाणी के बारे में ध्यान आ गया।

"जानती हो शिवानी आज कुम्भ ऑफ़िस में मैं वाणी से मिला, वही मेरी MBA की फ़्रेंड!!। उसे पता चला कि मैं इलाहबाद में हूँ तो उसने स्वयं मुझे फ़ोन करके बुलाया। सच में whatsapp, facebook की दुनिया में सब कितने कनेक्ट हो गए हैं।" - अर्जुन अब उस माला की शक्ति के बारे में कुछ भी नहीं बताना चाहता था।

"अच्छा वाणी, हाँ हाँ मालूम है, तुम्हारी उस MBA वाली सखी से मैं मिल चुकी हूँ, तुम शायद भूल गए हो, तुमने स्वयं उसे घर पर इन्वाइट किया था, जब वो लखनऊ में थी। और अर्जुन जी Whatsapp, Facebook हम भी चलाते हैं, और आपसे ज़्यादा कनेक्टेड हैं।"

"ओह, हाँ मैं भूल ही गया था वो तो तुम्हारी भी फ़्रेंड लिस्ट में है शायद। लेकिन तुमने ये क्या सखी सखी लगा रखा है, मैं वाणी के साथ कॉलेज में भी professional था और आज भी प्रोफ़ेशनल हूँ समझी"।

वैसे तो शिवानी को अर्जुन पर पूर्ण विश्वास था लेकिन शिवानी को अर्जुन का यूँ सकुचाना और झेंप जाना बहुत पसन्द था। वरना जो अर्जुन फ़ोन पर हाँ हुम्म में ही बात करते हैं, इसी बहाने जब वो सफ़ाई देने का प्रयत्न करते हैं, तो कम से कम बात तो लम्बी करते हैं।

शिवानी अर्जुन को चिढ़ाने के उद्देश्य से फिर बोली -

"अरे मैं सखी सखी नहीं कर रही हूँ, तुम्हारी उस 'professional' फ़्रेंड नें ही सेल्फ़ी डाली है तुम्हारे साथ अपने FB पोस्ट में!!, और status में लिखा है 'After a long time with old friend', अब बताओ फ़्रेंड तो हिंदी में सखी ही होता है ना!!"

अर्जुन अब सही में झेंप गया -

"ठीक है शिवानी, मुझे बॉस को नम्बर की रिपोर्ट भी भेजनी है, मैं अब फ़ोन रख रहा हूँ, कल मैले ऑफ़िस में काम निपटा के यहीं से वाराणसी भी जाऊँगा"।

ये कहकर अर्जुन नें फ़ोन काट दिया।

वाराणसी

दो दिन इलाहबाद में काम करने के बाद, आज अर्जुन वाराणसी के लिए निकल पड़ा था। आज का दिन किसी प्रोजेक्ट सेल्स का नहीं, हाईकॉर सेल्स का दिन था, माने कोई business development activity का नहीं, सीधे सीधे business लाने का दिन था। कारण महीने का अंत आ गया था और कम्पनी को month end क्लोज़िंग में business के नम्बर पूरे करने थे। जयंत को दिए गए नम्बर को किसी भी सूरत में पूरा करने के लिए अर्जुन प्रतिबद्ध था।

ये सब सोचते सोचते अर्जुन पहुँच गया Securitas के एक डीलर नालंदा सेल्स के शोरूम में। नालंदा सेल्स उत्तर प्रदेश में अर्जुन का सबसे बड़ा डीलर था, सेल्स के जो भी नम्बर इनके यहाँ से निकल सकते हैं, वो किसी अन्य डीलर के यहाँ से नहीं निकल सकते हैं। वो कहते हैं ना पैरेटो का 20 - 80 सिद्धांत मतलब आपका अस्सी प्रतिशत व्यापार आपके बीस प्रतिशत ग्राहकों के यहाँ से ही आता है, माने वो बीस प्रतिशत ग्राहक जो आपके लक्ष्य का अस्सी प्रतिशत तक धन्धा दे देते हैं, वो आपके लिए अत्यंत महत्वपूर्ण होने चाहिए, और आपका काम उनको संभाल कर रखना है - जैसे एक दूधवाला अपनी सबसे दुधारू गाय का सबसे अधिक ध्यान रखता है। ऐसे बीस

प्रतिशत अत्यंत महत्वपूर्ण ग्राहकों को 'key account' कहा जाता है, और सेल्स की भाषा में ऐसे अकाउंट्स को सम्भाल कर रखने को, इनका ख़याल रखने को 'key account management' कहा जाता है। कम्पनी आपसे ये आशा करती है, की किसी भी हाल में ये 'key accounts' कम्पनी से या आपसे असंतुष्ट ना हो। और कम्पनी क्या, एक सेल्समैन स्वयं भी ये प्रयत्न करता है, की ऐसे ग्राहक हाथ से ना फिसलें, और कोशिश ये की जाती है की जैसे एक नए दामाद को ससुराल में अनेकों सुविधाएँ मिलती हैं, वैसे ही इन्हें भी ख़ुश रखा जाए।

अच्छा ऐसा नहीं है कि पैरेटो का 20 - 80 सिद्धांत सिर्फ़ कम्पनी ही जानती है, ये ग्राहक स्वयं भी इस सिद्धांत को लेकर ना केवल भली भाँति जागरूक हैं, बल्कि इस कारण अपने वो दामाद वाले सारे अधिकारों को लेकर सजग भी हैं।

नालंदा सेल्स ऐसे ही बीस प्रतिशत में आने वाले, अस्सी प्रतिशत धंधा देने वाले, अस्सी घाट के निकट, अस्सी के दशक के रीति रिवाजों से चलने वाले - 'key account' थे। श्री भगवान सहाय दुकान के मालिक थे और सत्तर के आसपास की उम्र में विराजमान थे। उनके सुपुत्र सब पढ़ लिख के विदेश चले गए थे, अब ये अकेले अपने भतीजों के साथ यहाँ सिक्यूरिटी प्रॉडक्ट्स का व्यापार सम्भाले हुए थे। अर्जुन को शोरूम में घुसता देख उन्होंने अपने हाथ में पकड़ी हुई लस्सी ख़त्म की और दोनो हाथों से अभिवादन करते हुए अर्जुन की तरफ़ बढ़ने लगे।

"आइए अर्जुन जी आइए, अबकि बार बड़े दिनों बाद इधर चक्कर लगा, कम्पनी को तो हमारी याद month end closing पर ही आती है!"- सहाय जी ताना मारते हुए बोले।

"चार हज़ार DVR के ऑर्डर की बात बाद में करूँगा, पहले इससे पुराने क्रेडिट नोट्स का हिसाब लूँगा।"-

अर्जुन के मन में भगवान सहाय जी की आवाज़ गूँजी। लेकिन आज अर्जुन ये आवाज़ सुनकर चौका नहीं, बल्कि अब तो वो अभ्यस्त हो चुका था। ना केवल अभ्यस्त हो चुका था, बल्कि दूसरों के मन की बात जानने की अपनी इस नयी शक्ति का अपने हित के लिए प्रयोग करना भी अर्जुन नें भली भाँति सीख लिया था।

भगवान सहाय की की बात सुनते ही और उसके बाद उनके मन की बात जानते ही अर्जुन तपाक से बोला -

"सर आज किसी ऑर्डर के लिए नहीं आए हैं, आप हमारे पुराने और सबसे विश्वसनीय साथी हैं, Securitas के परिवार का हिस्सा हैं, कोई ज़रूरत होगी तो आप ऑर्डर रोकोगे थोड़ी ना, आज तो मैं आपके पुराने क्रेडिट नोट सेटल करने आया हूँ, मैंने हिसाब बनाया था और अपने फ़ाइनैन्स से अप्रूव भी कराया है, पूरे बीस लाख का क्रेडिट नोट है आपका। मैं चाहता हूँ पहले इसका मिलान कर लो आप अपने हिसाब किताब से, मेरे लिए ये ज़्यादा महत्वपूर्ण है।"

"अरे आप तो दिल पे ले लिए, हमें भी मालूम है, आपके होते हुए क्रेडिट नोट कहीं नहीं जा रहा।" - सहाय सर की आँखों की चमक बता रही थी, की उन्हें अर्जुन का ये व्यवहार पसन्द आया।

उस मीटिंग में अर्जुन नें अपनी उस शक्ति का भरपूर दोहन किया, और परिणाम स्वरूप मीटिंग अत्यंत संतोषजनक रही। अर्जुन उस दिन वहाँ से अब तक का सबसे बड़ा ऑर्डर लेकर उठा था।

आज अर्जुन बहुत ख़ुश था और जब भी वर्क प्लेस से सम्बंधित कोई भी ऐसी अच्छी ख़बर होती थी, अर्जुन अपने सबसे विश्वसनीय रजत को इसकी जानकारी ज़रूर देता था। नालंदा सेल्स से बाहर निकलते ही उसने सबसे पहले रजत को फ़ोन लगाया।

"हेलो"- रजत नें फ़ोन उठाया।

"क्या हाल हैं रजत भाई, कहाँ निकले हो भ्रमण पर आज ?"

- अर्जुन नें अपने मूल स्वभाव के विपरीत चहकते हुए पूछा।

"क्या बात है अर्जुन भाई, आज तो ख़ुशी लग रहा है टपक रही है सब जगह से आपके"

- ये कहते हुए रजत थोड़ा रुका फिर अर्जुन के उत्तर की प्रतीक्षा किए बिना ही तुकबंदी में बोला -

"लगता है अपने डीलर्स को पूरा गोदाम ठेल आए हो,

साल भर का माल सिर्फ़ एक दिन में ही पेल आए हो!"

"हा हा हा हा" रजत की तुकबंदी सुनकर अर्जुन ठहाके मारकर हँसा, फिर बोला -

"अरे नहीं, अब हम असली सेल्समैन हो गए हैं, कस्टमर के बोलने से पहले ही उसकी समस्याएँ समझ जाते हैं, और उन समस्यायों का निराकरण कर देते हैं, बस!!!" - अर्जुन उत्तेजना के बहाव में लगभग सच उगलने ही वाला था की रजत नें उसे टोक दिया -

"बधाई हो अर्जुन भाई, ईश्वर करे हम सब भी आपकी तरह ऐसी दिव्य दृष्टि प्राप्त कर लें।"

'दिव्य दृष्टि!!" - सच में वो दिव्य दृष्टि ही तो है, अर्जुन नें मन ही मन सोचा।

अगली कॉल उसने शिवानी को लगाई, ये बताने के लिए की वो घर वापस आ रहा है।

घंटी गयी लेकिन फ़ोन नहीं उठा, तीन चार बार मिलाने के बाद दूसरी तरफ़ से शिवानी की अत्यन्त ही धीमी आवाज़ आयी -

"हाँ अर्जुन मैं तुम्हें थोड़ी देर में कॉल बैक करती हूँ "

"तुम ठीक तो हो शिवानी, तुम्हारी आवाज़ को क्या हो गया"- अर्जुन नें चिंतित होते हुए पूछा।

"नहीं नहीं कुछ नहीं मैं ठीक हूँ, बस मैं एक ज़रा अपनी एक फ्रेंड तान्या के यहाँ आयी हुई हूँ गोमती नगर मे, तुम्हें थोड़ी देर में कॉल करती हूँ, बल्कि रात में" - शिवानी ने अर्जुन को आश्वस्त किया।

अर्जुन अभी फ़ोन रख ही रहा था की उसे फिर शिवानी की आवाज़ सुनाई दी, इस बार उसके अपने अंतर्मन में - "JJ Studios से घर तक पहुँचने में एक घण्टा तो हो ही जाएगा"।

अर्जुन को समझते देर ना लगी की शिवानी नें अपनी फ्रेंड तान्या वाली बात झूठ बोली थी, JJ Studios है राजाजीपुरम में, और उसकी फ्रेंड तान्या का घर हैं गोमती नगर में। फिर शिवानी नें JJ Studios वाली बात छिपाई क्यों?

संगम क्षेत्र

आज अर्जुन फिर से इलाहबाद में ही था। मेला अधिकारी से मीटिंग के बाद उसे साइट का निरीक्षण भी करना था। वाणी उसे अपने साथ ही मेला क्षेत्र की तरफ़ ले आयी थी। दोनों ही संगम क्षेत्र में गंगा किनारे टहल रहे थे और वाणी अर्जुन को कुम्भ से सम्बंधित जो भी महत्वपूर्ण बातें दिखाई दे जाती थी, वो बताती जा रही थी।

जो गंगा तट दो महीने पहले तक वीरान था और जहाँ रेत और मिट्टी के सिवा कुछ भी ना था, वहाँ अब पूरा शहर सा बसा हुआ था। टेंट से बने विशाल और भव्य पंडाल यदि अपनी आँखों से ना देखे होते तो अर्जुन को इन सब पर विश्वास ही ना होता। जगह जगह गंगा पार करने के लिए अस्थाई पुल बने हुए थे। वहीं यमुना नदी में अलग अलग घाटों पर नाव, मोटर बोट आदि उपलब्ध थी, जो लोगों को नदी के मध्य संगम तक ले जा रही थी। अर्जुन ये सब देखकर अत्यंत ही हतप्रभ था।

"जानते हो अर्जुन मात्र इन दो महीनों में गंगा नदी के दोनो किनारों पर मेला प्रवास के लिए एक पूरा अस्थायी शहर बसाया जाता है जो की विभिन्न सेक्टर्स में बाँटा जाता है। जिसमें संधु संत समाज अपने अपने पंडाल लगाते हैं, और श्रद्धालुओं के लिए अपने अपने सामर्थ्य के अनुसार रहने खाने की व्यवस्था भी करते हैं। ये जो छोटी

छोटी सड़कें मेला के विभिन्न सेक्टर्स को जोड़ रही हैं, इनकी कुल लम्बाई तीन सौ km तक है। 32 किलोमीटर वर्ग में फैला ये टेंट का अस्थायी शहर रोम के वैटिकन सिटी से भी बड़ा है!"- वाणी नें अर्जुन को समझाया।

इस प्रकार वाणी नें अर्जुन को कुम्भ के विषय में और भी कई तरह की जानकारी दी। वाणी के उत्साह को देखकर लग रहा था उसकी कुम्भ मेले में स्वाभाविक रूप से रुचि थी।

चलते चलते दोनों संगम तट पर पहुँच गए थे। "अर्जुन इसे संगम नोज़ कहते हैं, गंगा और यमुना, दोनों नदियों का मिलन स्थल इसी स्थान के आस पास होता हैं। प्रत्येक वर्ष दोनों नदियों के बहाव पर निर्भर करता हैं कि इनका संगम यहाँ से कितनी दूर होगा।, आओ तुम्हें वो स्थान भी दिखाऊँ।" - ये कहकर वाणी नें एक नाव वाले को इशारा किया।

"देख रहा हूँ थोड़े ही दिनों में तुम्हें इस स्थान से अत्याधिक लगाव हो गया है "- अर्जुन नें नाव मे बैठते हुए उत्सुकतावश पूछा।

"यार मुझे कुम्भ की कहानी बचपन से ही रिझाती थी"-वाणी नाव में बैठने के बाद गंगा के बहाव को निहारते हुए बोली।

"मैंने अपनी फ़र्म में ये प्रोजेक्ट स्वयं से बोलकर लिया था, अन्यथा कम्पनी तो मुझे बाहर के प्रोजेक्ट्स पर भी भेज रही थी।" वाणी अर्जुन की तरफ़ देखकर आगे बोली।

"हम्म तो क्या है कुम्भ की कहानी ?" - कहानी से ज़्यादा अर्जुन को वाणी की बात करने की बेबाक़ शैली

आकर्षित कर रही थी। वाणी सब कुछ खुले मन से बता रही थी, लग ही नहीं रहा था, वो एक कन्सल्टंट है, वो आज भी MBA वाली छात्रा वाणी थी। नयी चीज़ें सीखने की ललक और उससे भी अधिक वो सारी सीखी हुई बातें दूसरों से साझा करने का उत्साह - यही सारे गुण तो थे वाणी में जो उसे क्लास में सबसे अलग बनाते थे।

वाणी अब भी बोल रही थी - "एक प्रसिद्ध हिंदू कथा के अनुसार देखो अर्जुन जब देवताओं और दानवों में युद्ध हो रहा था तो देवताओं की शक्ति क्षीण पड़ने लगी। ऐसे में देवताओं को समुद्र मंथन करने का विचार आया जिससे की अपने गर्भ में विभिन्न प्रकार के बहुमूल्य रत्न छिपाए इस समुद्र से उन रत्नों के साथ साथ अमृत भी निकाला जाए। चूँकि समुद्र मंथन अकेले देवताओं के बस की बात नहीं थी, उन्होंने इस कार्य में दानवों का भी साथ लिया और यह तय किया गया कि समुद्र मंथन से प्राप्त सभी रत्न बराबर बराबर बाँट लिए जाएँगे। इसी प्रकार अमृत भी देवता और दानव बराबर बराबर लेंगे। समुद्र मंथन के लिए मथनी का कार्य मन्दार पर्वत से किया गया, और उसी प्रकार समुद्र को मथने के लिए रस्सी का कार्य नाग वासुकि से लिया गया। किंतु जब मंथन शुरू हुआ तो मन्दार पर्वत अपने भार के कारण समुद्र में स्थिर नहीं रह पा रहा था और डूब जा रहा था। ऐसे में स्वयं भगवान विष्णु नें कछप अवतार लिया और एक कछुए के रूप में मन्दार पर्वत को अपनी पीठ पर स्थिर किया। तब जाकर असुरों और देवताओं, दोनों के अथक प्रयासों के बाद समुद्र को मथा जा सका और उसमें से विभिन्न प्रकार के रत्न निकले।"

फिर वाणी थोड़ा ठिठक कर बोली -"अर्जुन! मेला ऑफ़िस में दीवारों पर जो तुमने चित्रकारी देखी थी, वो याद है?"

"उस चित्रकारी में वो सारे रत्न ही दर्शाए गए थे जो समुद्र मंथन में निकले थे"- अर्जुन के उत्तर की प्रतीक्षा किए बिना ही वाणी ने स्पष्ट किया।

"किंतु इस कहानी से कुम्भ मेले का क्या सम्बंध है?" - अर्जुन ने उत्सुकतावश पूछा।

"थोड़ा धैर्य रखो अर्जुन जी!, अभी कथा समाप्त नहीं हुई है" - वाणी ने मुस्कराते हुए कहानी आगे बढ़ाई।

"जब अंत में समंदर में से अमृत निकला, असुरों और देवताओं में उसे लेकर छीना झपटी होने लगी जो की बारह दिन तक चली। अंत में भगवान विष्णु ने स्वयं मोहिनी का रूप धरकर असुरों और देवताओं के समक्ष प्रकट हुए और असुरों तथा देवताओं को अलग अलग पंक्तियों में बैठाया। फिर उन्होंने उस अमृत का पान देवताओं को कराया।"

"लेकिन इसमें फिर से कुम्भ मेले का तो कोई वर्णन नहीं है" - अर्जुन ने फिर से बात काटी।

वाणी इस बार थोड़ा खीजते हुए बोली - "यार अर्जुन तुम सेल्स वालों को तो धैर्य वान होना चाहिए जिससे सामने वाले की ज़रूरतों की पूरी सूचना प्राप्त की जा सके, लेकिन तुम में धैर्य कदापि नहीं है। बिना पूरी बात सुने बीच में ही टोक देते हो, देख लेना किसी दिन पछताओगे।"

नदी के जल में हाथ डालते हुए बेपरवाह अर्जुन बोला - "ठीक है, ठीक है, कर लो अपनी कहानी पूरी, अब नहीं टोकूँगा, ऐसा प्रतीत होता है साधु संतों के इलावा यहाँ मेले में अवश्य ही तुम्हारा भी शिविर लगा होगा। प्रवचन अच्छा कर लेती हो, देवी वाणी।"

वाणी अब क्रोधित होते हुए बोली - "अब तुम्हें हँसी ठिठोली करनी है, तो रहने दो, वैसे भी संगम स्थान आने ही वाला है।"

"अरे नहीं नहीं देवी आप कृपया जारी रखें, विश्वास करो मैं अभी भी पूरी कथा जानने को उत्सुक हूँ।" चेहरे पर थोड़ा गम्भीर भाव बनाते हुए अर्जुन नें वाणी को आश्वस्त किया।

"अगर अब तुमने बीच में टोका तो मैं तुम्हारा ये लैप्टॉप गंगा जी को भेंट कर दूँगीं"- वाणी नें चेतावनी दी, फिर थोड़ा रुक कर बोली - "वैसे तुम ये लैप्टॉप क्या हमेशा अपने साथ टाँगे घूमते हो?, बड़ा प्रेम है तुम्हें इससे।"

"अरे नहीं देवी जी, ये लैप्टॉप तो हम सेल्स वालों का आभूषण होता है, पता नहीं कब ज़रूरत पड़ जाए, हम पानी की बोतल एक बार को भूल सकते हैं, लेकिन लैप्टॉप को नहीं, आप मेरे लैप्टॉप से अपनी बुरी नज़र हटाईए और अपनी कथा पूर्ण करिए।"

वाणी नें एक बार अर्जुन को देखा और फिर उसके कंधे में शोभायमान लैप्टॉप को देखा, फिर अंततः कहानी आगे बढ़ाई - "जब उन बारह दिनों तक अमृत कलश के पीछे छीना झपटी चलती रही, उसी समय कलश में से अमृत की कुछ बूँदें पृथ्वी पर चार विभिन्न स्थानों पर छलक पड़ी। ये विभिन्न स्थान थे - शिप्रा नदी के तट पर उज्जैन, गंगा तट पर हरिद्वार, गोदावरी नदी के तट पर नासिक और संगम पर बसा हुआ हमारा अपना इलाहबाद। और तब से इन स्थानों पर कुम्भ मेला मनाया जाने लगा और ये विश्वास किया जाने लगा की उन विशेष ग्रह नक्षत्रों वाले मुहूर्त में, इन स्थानों पर अमृत के समान गुण होते हैं। और ऐसे मुहूर्त में यहाँ स्नान करना कई मायनो में

लाभकारी होता है। चॉंकि देवताओं का एक दिवस पृथ्वी का एक वर्ष होता है, और अमृत की बूँदें देवताओं के बारह दिनों के अंतराल में पृथ्वी पर गिरी थी, कुम्भ मेला भी प्रत्येक स्थान में बारह वर्ष के अंतराल में मनाया जाता है। इतना ही नहीं अर्जुन एक होता है महाकुम्भ मेला जो हर बारह कुम्भ मेला के बाद मनाया जाता है, मतलब १४४ साल बाद। इसी बात से तुम कुम्भ मेले की प्राचीनता का अनुमान लगा सकते हो।"

अर्जुन यह सब सुनकर फटी फटी आँखो से वाणी को देख रहा था - "तुम तो यार सच में व्यास गद्दी अपना लो। तुम्हें भी महामंडलेश्वर बना देना चाहिए, मैंने लोगों में अध्यात्म के प्रति, हमारी प्राचीन कहानियों के प्रति अगाध रुचि देखी है, लेकिन ऐसे लोग नहीं देखे हैं, जो पकड़ पकड़ कर दूसरों को भी इसके बारे में शिक्षित करें, जैसे तुम अभी मुझे कर रही हो।" -अर्जुन शरारतपूर्ण मुस्कान के साथ बोला।

"तुम मुझे कम मत आँकना अर्जुन, ये हमारी संस्कृति है, और इसी से हमारे संस्कार हैं, जब ज़रूरत पड़ेगी तो मैं तुम्हें भी शिक्षित करने में नहीं हिचकूँगी।" वाणी तुनक कर बोली।

इतनी देर में अर्जुन आश्चर्य और आनंद के मिले जुले भावों के साथ नाव से थोड़ी ही दूर गंगा और यमुना नदी के मिलन को देख रहा था।

"यही संगम है, उधर देखो अर्जुन वहाँ भी हमने अस्थाई घाट बनाए हैं - जिसमें महिलाओं के लिए चेंजिंग रूम, और बच्चों के लिए थोड़ी कम गहराई वाली जगह की व्यवस्था भी की गयी है' - वाणी नें अर्जुन को बताया।

अर्जुन अभी भी हतप्रभ सा संगम को देख रहा था- 'देखो वाणी वो दोनो नदियों का जल एकदम अलग अलग दिख रहा है, ये नदियाँ यहाँ मिलकर भी नहीं मिल पा रही हैं।"- अर्जुन बोला।

"जैसे हम मिलकर भी नहीं मिल पा रहे हैं!!" - ये वाणी की ही आवाज़ थी।

अर्जुन नें वाणी की तरफ़ देखा, जैसे उसके मन के भावों को उस आवाज़ से मिलान करना चाहता हो।

किसी अज्ञात भय के कारण अर्जुन ने उस आवाज़ की तरफ़ ध्यान देना बंद कर दिया, और ना ही वाणी से उस सम्बंध में कोई बात की।

इसके बाद लौटते समय नौकायन के दौरान भी अर्जुन चुप ही रहा। नाव में सिर्फ़ चप्पू और जल की आवाज़ ही आ रही थी। और दूर बने पंडालों से भजन कीर्तन की मद्धम ध्वनियाँ सुनाई दे रहीं थी। अर्जुन की ये चुप्पी वाणी नें भी महसूस की।

"क्या सोच रहे हो, बड़े चुप चुप हो" - वाणी नें पूछा।

अर्जुन वाणी की तरफ़ देखकर बोला - "वाणी यदि मैं तुमसे कहूँ की मेरे पास एक ऐसी शक्ति है, जिससे मैं लोगों के मन की बातें सुन सकता हूँ?"

वाणी को अर्जुन का अचानक इस प्रकार का उलजलूल प्रश्न पूछना अजीब लगा। फिर उत्तर देने के लिए वो बोली - "होनी भी चाहिए, मेरे हिसाब से सेल्स में आपकी सबसे बड़ी ताक़त ही यही होती है की आप लोगों के मन के भावों को पढ़ सकें, और सेल्स में ही क्या, ये तो आपको वैसे भी आना चाहिए आपके और आपके साथ जुड़े हुए अन्य

लोगों के जीवन की गुणवत्ता इसी बात पर निर्भर करती है कि आप दूसरों को और दूसरे आपको एवं आपकी ज़रूरतों को कितना समझते हैं।"

"अरे नहीं वाणी तुम समझी नहीं, तुम मेरा प्रश्न ही नहीं समझी, मैं वास्तविक शक्ति की बात कर रहा हूँ। मतलब जो सामने वाला सोच रहा है, उसकी सोच को ठीक वैसे ही सुन सकने की शक्ति जैसे वो वही बात प्रत्यक्ष बोल रहा हो। इसी शक्ति की मदद से मैंने अब तक बड़े बड़े ऑर्डर लिए हैं, याद है वो मेला अधिकारी के साथ सर्वे वाली बात और फिर...."

"हा हा हा हा अरे यार अर्जुन तुम तो बड़े छुपे रुस्तम निकले, मै तो तुम्हें धीर गम्भीर सीरीयस टाइप का समझ रही थी। लेकिन तुम्हारा sense of humour ग़ज़ब का है।" -वाणी हँसते हँसते नाव पर ही लोटपोट हो गयी। फिर थोड़ा सम्भलते हुए बोली - "और फिर ऐसी भयंकर शक्ति के स्वामी होने के बाद भी तुम उसका प्रयोग सेल्स के ऑर्डर लाने में करते हो। कुछ बड़ा कर लो यार। और तुम्हें ये समझने के लिए की यहाँ काम करने के लिए सर्वे करना आवश्यक है, तुम्हें ये छोटी सी बात समझने के लिए एक शक्ति की ज़रूरत पड़ गयी।"

अर्जुन को लगा उसने ग़लत ही कर दिया ये बात छेड़ कर, चेहरे पर झूठी मुस्कान बिखेर कर खिसियाते हुए वो बोला - "हाँ हाँ ठीक है, वो मैं तुम्हें चुप चुप लग रहा था इसीलिए छेड़ दिया ये टॉपिक। अब तो नहीं लग रहा ना मैं चुप चुप।"

"देखिए अर्जुन जी, मुझे हँसाने का प्रयत्न आपने अच्छा किया, लेकिन मै ऐसी किसी शक्ति वक्ति में नहीं

मानती। यदि आप अपने काम से प्यार करते हैं, अपने जॉब को एंजोय करते हैं, तो आपकी कार्य कुशलता वैसे भी कई गुना बढ़ जाती है और बिना किसी दैवीय शक्ति के भी आप शक्तिमान होते हो, समझे।"- वाणी अपने आप को व्यवस्थित करते हुए बोली।

दोनों किनारे पर आ गए थे। और गंगा आरती का भी समय हो गया था। थोड़ी ही देर में घाट घंटा, घड़ियाल, शंख की ध्वनि से गूँज उठा। जल में पड़ रहे अनेकों दीपक के प्रतिबिम्ब गंगा को शोभायमान कर रहे थे। पूरा वातावरण भक्तिमय हो गया था।

राधे राधे

गंगा आरती का का मनमोहक दृश्य देखते देखते वाणी और अर्जुन घाट के किनारे पैदल चले जा रहे थे। चलते चलते वे मेले के दूसरे छोर तक पहुँच गए। यहाँ यमुना का किनारा लगता है। दोनो एक ऐसे स्थान पर पहुँच गए जहाँ मेले के अन्य स्थानों जैसी चहल पहल नहीं थी। बस पास में स्वामी अखिलानंद जी का पंडाल लगा था, जहाँ शायद स्वामी जी का प्रवचन चल रहा था। स्वामी जी राधा और कृष्ण की वृंदावन में लीला का वर्णन कर रहे थे, बीच बीच में राधा रानी के भजन भी गाए जा रहे थे। पंडाल में लगे लाउडस्पीकर से घाट तक आती आवाज़, वहाँ भक्तों में उमड़े उल्लास का अच्छा संकेत दे रही थी। स्वामी जी राधा रानी के बारे में बता रहे थे -

"राधा जी का जन्म वृंदावन के पास बरसाना में हुआ था, जब जब भी कृष्ण के भक्तों की बात होती है, राधा रानी का नाम सबसे ऊपर आता है, उनका कृष्ण के प्रति निस्वार्थ प्रेम और समर्पण अद्भुत था। भक्ति की पराकाष्ठा का ऐसा उदाहरण अद्वितीय था" - स्वामी जी की आवाज़ लाउडस्पीकर पर गूँज रही थी।

यमुना नदी पर अनेकों सुंदर पक्षी कलरव कर रहे थे। इन पक्षियों के कारण यमुना की मनमोहक छटा देखते ही बन रही थी।

वाणी इन पक्षियों की तरफ़ संकेत कर के बोली - "जानते हो अर्जुन ये सायबीरीयन पक्षी हैं। प्रत्येक वर्ष शरद ऋतु में सिबेरिया से अफगनिस्तान और मध्य ऐशिया होते हुए यहाँ तक आते हैं। मुझे यह जगह बहुत पसंद है, एक तो यहाँ मेले की चका चौंध से दूर यमुना किनारे इन पक्षियों के कलरव का आनंद मिलता है, दूसरे स्वामी अखिलानंद जी को सुन कर भी मन को बड़ी शांति मिलती है। आओ तुम्हें उनसे मिलाऊँ।"

ये कहकर वाणी अर्जुन का हाथ पकड़ के स्वामी जी के पंडाल की तरफ़ ले जाने लगी।

"मुझे नहीं जाना उधर!" - अर्जुन हाथ छुड़ाते हुए बोला।

"क्यों?"

"देखिए वाणी जी, मैं ऐसे किसी स्वामी वामी में नहीं मानता। और वैसे भी आप को अपने आप पर विश्वास होना चाहिए। ध्यान और योग करिए आपका आनंद भीतर से आएगा और ऐसे ही कई गुना बढ़ जाएगा। फिर स्वामी शक्ति की ज़रूरत नहीं पड़ेगी" - अर्जुन वापिस घाट की तरफ़ पलटते हुए बोला।

वाणी अर्जुन के इस व्यवहार से थोड़ा हैरान हुई - "सो चीप अर्जुन, तुम मेरी उस वो नाव वाली बात का बदला ले रहे हो ना?, ठीक है मत चलो अंदर, वैसे भी मैं किसी पर अपनी विचारधारा थोपती नहीं हूँ। तुम्हें नहीं विश्वास है तो यहीं बने रहो। तुम्हारी पात्रता ही नहीं है की तुम किसी सदपुरुष का सत्संग सुन सको।"

इसके बाद दोनो वहीं यमुना नदी का, वहाँ जल के ऊपर बह रही शीतल पवन का और पक्षियों के संगीतमय शोर का आनंद लेते रहे।

थोड़ी देर में स्वामी अखिलानंद जी के पंडाल से आवाज़ आनी बंद हो गयी। वाणी नें देखा स्वामी जी स्वयं घाट की तरफ़ आ रहे हैं।

"वो देखो स्वामी जी इसी तरफ़ आ रहे हैं" वाणी बोली।

"अरे वाणी कैसी हो, तुम यहीं थी, तो आयी नहीं आज?"- स्वामी जी वाणी को देखकर बोले।

"प्रणाम स्वामी जी! इनसे मिलिए ये मेरे मित्र अर्जुन हैं और Securitas कम्पनी में एरिया सेल्स मैनेजर हैं। अभी थोड़े ही दिनों में आप देखेंगे यहाँ पंडाल में और घाट पर CCTV लगे हुए होंगे, वो इन्हीं का काम होगा"।

"स्वामी जी प्रणाम!" - अर्जुन नें दोनो हाथ जोड़कर स्वामी अखिलानंद जी का अभिवादन किया।

तभी अर्जुन के फ़ोन की घंटी बजी, अर्जुन नें देखा शिवानी का फ़ोन था।

"हेलो!" - -अर्जुन फ़ोन उठा कर बोला।

"मैं कब से तुम्हें फ़ोन मिला रही हूँ अर्जुन, नम्बर ही नहीं मिल रहा था तुम्हारा" - दूसरी तरफ़ शिवानी नें चिंता जताई।

"अरे शिवानी, वो हम नाव में थे संगम में, तो वहाँ network नहीं आ रहे होंगे, वाणी मुझे साइट दिखा रही थी"

"अरे वाह!!, तो अपनी पुरानी सखी के साथ साइट के नाम पर संगम घूम रहे हो, सही है! ये एयरटेल का network भी समझदार हो गया है, मालूम है उसे कि कब डिस्टर्ब नहीं करना है"- शिवानी शरारतपूर्ण अन्दाज़ में बोली।

"ओहो शिवानी तुम फिर शुरू हो गयी, जैसे तुम वाणी को जानती नहीं हो" - अर्जुन चिढ़ते हुए बोला।

शिवानी कुछ कहती इससे पहले वाणी नें अर्जुन के हाथ से फ़ोन छीन लिया और स्वयं बात करने लगी -

"Hi शिवानी, वाणी here, कैसी हो"

"मै ठीक हूँ, तुम कैसी हो वाणी"

"I am fine, तुम भी आओ कभी अर्जुन के साथ, इलाहबाद घूम जाओ"

"अच्छी जी!! मतलब अर्जुन मेरे बिना आ सकता है, और मै अर्जुन के साथ ही आऊँ, क्यों भाई" - शिवानी बोली।

"अरे नहीं, तुम आओ कभी, अर्जुन का तो स्वार्थ है आज कल कुम्भ में काम फँसा है, वरना मिस्टर कहाँ लाइन देते हैं किसी को, तुम तो कभी भी आओ शिवानी, स्वागत है!!!"

"जानती हूँ, आऊँगी ज़रूर मिलते हैं फिर, चलो bye। इनसे बोलना होटल पहुँच कर काल करें।" - यह कहकर शिवानी नें फ़ोन काट दिया।

अर्जुन की आदत है, जब कभी भी tour पर घर से बाहर होता है, दिन भर भले ही शिवानी से बात ना हो पाए, रात में होटल पहुँच कर एक बार बात कर के फ़ोन पर हाल चाल अवश्य ले लेता है। आज साइट विज़िट और उसके बाद गंगा आरती देखने के चक्कर में कुछ देरी हो गयी थी होटल पहुँचने में। अर्जुन नें वाणी को उसकी कुम्भ में अब तक की मदद के लिए धन्यवाद किया और होटल की और अग्रसर हुआ।

संगम स्नान

अर्जुन को लखनऊ से इलाहबाद चक्कर लगाते लगाते अब एक महीना हो गया था। कुम्भ में CCTV का काम भी उसकी कम्पनी को मिल चुका था और अब इंस्टालेशन भी लगभग समाप्त हो चुकी थी। वैसे तो अर्जुन नें पिछले एक महीने में Securitas के लिए और भी बहुत सी बड़ी बड़ी deals क्लोज़ की की थी, और वो अब कम्पनी का स्टार सेल्समैन भी हो गया था। लेकिन कुम्भ के इस प्रतिष्ठित काम से ना केवल उसका आत्मविश्वास कई गुना बढ़ गया था, बल्कि कम्पनी में भी अब उसका एक अलग सम्मान था, रुतबा था। हाँ बस एक केतन सर ही थे जिन्होंने अभी भी उसके कार्य को सराहा नहीं था। ये टीस अभी भी उसके मन में थी।

और दूसरी टीस थी शिवानी का उससे बातें छिपाने की, झूठ बोलने की। जब जब भी शिवानी अर्जुन से झूठ बोलती थी, अर्जुन की माला उसे संकेत दे देती थी। लेकिन कुम्भ के कार्य में व्यस्त रहने के कारण ना ही अर्जुन के पास इस गम्भीर और संवेदनशील मुद्दे को छेड़ने का समय था, ना ही सच का सामना करने की हिम्मत। क्या हुआ अगर ये विषय छेड़ने पर शिवानी नें वो कह दिया जिस बात का उसे संशय है। क्या हुआ यदि ये सब मात्र उसका भ्रम ही हुआ। क्या हुआ अगर उसकी माला ग़लत हुई तो। माता

पिता की मृत्यु के बाद शिवानी ही एक थी उसके जीवन में उसकी अपनी। ऐसे में वो शिवानी को किसी भी परिस्थिति में खोना नहीं चाहता था। और संभवतः इसीलिए वो इस विषय पर खुल कर शिवानी से बात करने से कतरा रहा था।

बहरहाल आज कुम्भ मेले में इतने दिन के परिश्रम के बाद उत्सव मनाने का समय था। शिवानी का मन था मेला समाप्त होने से पहले एक बार वो भी मेला देखे। अर्जुन के मुँह से मेले के विषय में, वहाँ की भव्यता के विषय में इतना कुछ सुन चुकी थी, की उसने अर्जुन से बोल रखा था की एक बार मेला समापन से पहले वो भी मेला देखेगी। मेले में जगह जगह अर्जुन की कम्पनी के CCTV लग चुके थे, इतने प्रतिष्ठित समारोह में अर्जुन का ये काम एक मिसाल बन चुका था। स्वयं केतन सर कह चुके थे एक बार टीम के बाक़ी सदस्य भी इलाहबाद जाएँ और ये कार्य देख कर आएँ। हो सकता है केतन सर स्वयं भी इलाहबाद आने का विचार बना रहे हों। ऐसे में अर्जुन ने शिवानी को भी दो तीन बार कुम्भ मेले के दर्शन करा दिए थे।

इसी सोच के साथ आज भी अर्जुन आज शिवानी को अपने साथ इलाहबाद ले आया था। आज मुख्य स्नान भी था, तो अत्यधिक भीड़ थी। मेला क्षेत्र में शिवानी को सिर्फ़ लोग ही लोग दिखाई दे रहे थे, चारों तरफ़ श्रद्धालुओं का जनसैलाब उमड़ा हुआ था।

"आओ शिवानी हम पहले क़िला घाट चलेंगे वहाँ से विशिष्ट लोगों के लिए मोटर बोट चलती है, वाणी ने अधिकारियों को बोलकर हम लोगों के लिए वहाँ व्यवथा

कर रखी है। वो बोट हमें संगम तक ले जाएगी, उसमें ज़्यादा भीड़ भी नहीं होगी"- अर्जुन नें शिवानी को बताया।

"तुमने वाणी को साथ आने को नहीं कहा?" शिवानी नें पूछा।

"नहीं वो हमें लंच में जोइन करेगी"

"रुको एक मिनट मै उसे कॉल करती हूँ"।

अर्जुन के कुम्भ मेले से जुड़ने के बाद शिवानी प्रायः वाणी से बात कर लेती थी, दोनो अच्छे मित्र बन गए थे। बीच मे जब भी अर्जुन के साथ उसका इलाहबाद आना होता था, अर्जुन तो फ़ील्ड में काम पर व्यस्त हो जाते थे, वाणी ज़रूर समय निकाल लेती थी।वाणी और शिवानी ने अब तक साथ कुम्भ का चप्पा चप्पा घूम लिया था। लेकिन आज भीड़ बहुत ज़्यादा थी।

वाणी नें फ़ोन उठाया - "Hi शिवानी, आ गए तुम लोग।"

"यार आज तो सर सर ही सर दिखाई दे रहे हैं लोगों के, कहाँ हो तुम, साथ नहीं आओगी"।

"शिवानी तुम्हें ये जानकार आश्चर्य होगा की ये विश्व का सबसे बड़ा जनसैलाब है जो अंतरिक्ष से भी दिखता है, और हाँ आज मुख्य स्नान के कारण में बहुत व्यस्त हूँ, प्रयास करूँगी कि तुम लोगों को भोजन के समय जोईन करूँ। चलो bye"।

अंततः शिवानी और अर्जुन अकेले ही मोटर बोट से संगम तक गए। वाणी नें पहले ही घाट पर बोल कर रखा था।मोटर बोट की यात्रा अत्यंत आनंददायी थी। सायबीरीयन

पक्षी पूरे रास्ते भर जल के ऊपर मोटर बोट के साथ साथ कलरव करते जा रहे थे।

उस दिन शिवानी और अर्जुन नें संगम में स्नान भी लिया। ये अत्यंत ही विलक्षण अनुभव था।

भोजन के समय तक वाणी भी आ गयी थी।भोजन के बाद शाम को तीनो नें गंगा आरती और लेज़र शो का भी आनंद लिया।

डीप ऐसेट

"हर तरफ़ भीड़ ही भीड़ है, साधु संतों का रेला है।

तीन नदियों के संगम पर ग़ज़ब का कुम्भ मेला है।।"

हतप्रभ सा रजत कुम्भ की भीड़ देखकर अर्जुन से बोला।

"हाँ रजत भाई, अच्छा हुआ तुम आ गए, अब स्वयं ही देख लो तेरे भाई नें दो महीने मेहनत की है यहाँ" - अर्जुन गर्व से मस्तक ऊँचा करके बोला।

रजत को देखकर अर्जुन बहुत ख़ुश था, चलो ऑफ़िस का कोई तो है जो उसका काम देख कर हृदय से प्रसन्न होगा, अन्यथा बाक़ी के लोग तो ईर्ष्या में ही मरे जाते हैं।

"लेकिन तुम्हें ये पूरा देखने के लिए कम से कम दो दिन चाहिए, और कल मुझे कानपुर में कुछ ज़रूरी काम है, एक मीटिंग हैं, तो आज जल्दी ही शुरू करते हैं" - अर्जुन नें रजत को समझाया।

"अरे ठंड रखो अर्जुन भाई, जयंत नें मुझे पूरे तीन दिन के लिए यहाँ भेजा है, आज और कल तो कुम्भ में अपना इंस्टालेशन देखने में पूरा दिन जाएगा और परसों जयंत नें पूरी टीम को यहीं बुला लिया है।"

"क्यों"

"पता नहीं शायद सभी को आपके प्रतिष्ठित प्रोजेक्ट से प्रेरणा लेने के लिए यहाँ बुला रहे हो, या हो सकता है ऐसे ही कैज़ूअल get together होगा"।

"हम्म"।

रजत और अर्जुन थोड़ी ही देर में कुम्भ के कमांड एंड कंट्रोल सेंटर में थे, यहाँ अन्य उपकरणों के इलावा Securitas कम्पनी के CCTV सिस्टम का सर्वर भी था, और पूरे मेले में निगरानी हेतु कई बड़ी बड़ी LED स्क्रीन्स लगीं थी, जिस पर सभी जगह का लाइव व्यू देखा जा सकता था।

"भाई आपने तो चप्पे चप्पे पर कैमरा लगा रखा है, मुझे नहीं लगता मेले का कोई हिस्सा छूटा होगा या कोई ब्लाइंड स्पॉट भी रह गया होगा" - रजत विभिन्न स्क्रीन्स पर आ रही लाइव रिकॉर्डिंग देखकर बोला।

"ब्लाइंड स्पॉट का सवाल ही नहीं उठता रजत, हमने यहाँ तकनीकी टीम के साथ विस्तृत सर्वेक्षण किया है, उसके बाद ही विभिन्न कैमरा फ़िक्स करने की जगहें प्रस्तावित करी हैं"।

"हाँ और उस काम में मैंने इसकी मदद की है, अर्जुन थोड़ा क्रेडिट मुझे भी दे दो यार, मैं भी रात दिन लगी थी तुम्हारे साथ" कंट्रोल रूम में वाणी ने प्रवेश करते हुआ कहा।

"और हाँ ज़रा एक मिनट बाहर आ जाओ यार, शिवानी ने कुछ कुम्भ के souvenirs माँगे थे, मेरे ऑफ़िस में कुछ नए पीस आ गए हैं। अब तुम्हें तो टाइम मिलता नहीं है,

भूल भी जाते हो तुम। आकर देख लो और अपने लैप्टॉप वाले बैग में अभी से डाल लो" -वाणी अभी बोल रही थी की किसी नें दरवाज़े पर दस्तक दी।

"वाणी मैडम!"

"कहिए"

"वो आपके ऑफ़िस में कोई आया है"

"ठीक है मैं आती हूँ, अर्जुन तुम मेरे ऑफ़िस ही आ जाना, souvenirs ले लेना ओके"-वाणी अर्जुन को निर्देश देते हुए बोली और कंट्रोल रूम के बाहर चली गयी।

"ये कन्या कौन थी भाई, बिजली की तरह आयी और बिजली की तरह गयी"- रजत नें पूछा।

"ये वाणी थी, वैसे तो MBA में मेरे साथ थी, किंतु यहाँ पर consultancy फ़र्म से है, ये सही कह रही थी, इसकी बड़ी मदद रही कुम्भ का काम लेने में। कुम्भ से सम्बंधित सारी जानकारी जिससे मुझे ऑर्डर मिलने में मदद हो सकती थी, वो इसने दी।"

"तो कुल मिला कर ये यहाँ आपकी Deep Asset है?" - रजत शरारतपूर्ण अन्दाज़ में बोला।

"Deep Asset मतलब?"

"अरे जैसे जासूसी फ़िल्मों में नहीं देखते हो, अपना कोई गुप्तचर विदेश में प्लांट हो जाता है और फिर वहाँ से सारी गोपनीय जानकरियाँ भेजता रहता है। उसे ही विदेश में अपना Deep Asset कहते हैं। जैसे RAW मूवी में!!"- रजत ने समझाया।

“मतलब तुम यार गम्भीर कब बनोगे, तुम रखना Deep Asset, मेरा काम तो चन्द अच्छे मित्रों से ही चल जाता है”- अर्जुन अब संजीदा होकर बोला।

“आय हाय, चन्द अच्छे मित्र, सही डाइयलोग मारे हो गुरु। तो तुम्हारा ये Deep Asset ‘चन्द अच्छे मित्रों” में आता है”।

“कह सकते हो।”

“ठीक है भाई आप हमें आगे की इन्स्टलेशन के दर्शन कराएँ, अब हम आपको नहीं तंग करेंगे” - रजत अर्जुन को आश्वस्त करते हुए बोला।

“अरे अर्जुन तुम आए नहीं ऑफ़िस” - वाणी वापिस कंट्रोल रूम आ चुकी थी।

“जल्दी आओ यार, मुझे भी निरीक्षण के लिए टेंट सिटी जाना है” - ये कहकर वाणी नें अर्जुन का हाथ पकड़ा और उसे कंट्रोल रूम के बाहर ले जाने लगी।

अर्जुन थोड़ा ठिठकते हुए बोला - “वाणी मैं तुमसे souvenirs फिर कभी ले लूँगा, अभी मुझे इनको थोड़ा अपना CCTV का इन्स्टलेशन दिखाना है, मै कल कानपुर जा रहा हूँ तो आज ही का समय है सिर्फ़”।

“ठीक है फिर” - वाणी रजत की ओर देखते हुए बोली।

“तो हाथ छोड़ो मेरा”

“ओ हाँ” वाणी नें अर्जुन का हाथ छोड़ा और बोली - “सारी, यू people carry on”।

वाणी कंट्रोल रूम से जा चुकी थी।

रजत हँसते हँसते बोला - "ये क्या है अर्जुन भाई, चन्द अच्छे मित्र?" रजत मुस्कराते हुए बोला -

"कोई ऐसी वैसी गोपी सखी नहीं, मुझे तो ये राधा लग रही है,

क़सम से अर्जुन भाई, ये deep asset से कुछ ज़्यादा लग रही है।"

रजत आगे बोला -"कहीं तुम्हारी इस Deep Asset नें तुम्हारे दिल में Deep Impact तो नहीं कर दिया?"

रजत का इस तरह बात करना और उसके और वाणी के मित्रवत सम्बन्धों का ऐसे मखौल उड़ाना अर्जुन को बिलकुल पसंद नहीं आया।

CCTV स्क्रीन पर उसने देखा वाणी अपने ऑफ़िस से टेंट सिटी की तरफ़ निकल चुकी थी।

विश्वासघात

जिस प्रकार जीवन आपसे ये नहीं पूछता की बीते हुए पल आपने किस प्रकार गुज़ारे, रो कर गुज़ारे कि हँस कर गुज़ारे, हार कर गुज़ारे,कि लड़ कर गुज़ारे, वो तो बस प्रत्येक आने वाले पल आपके लिए नयी चुनौतियाँ प्रस्तुत करता है। उसे आपके बीते पल से कोई सरोकार नहीं होता है। और समझदार लोग कहते हैं की इसलिए आपको भी बीते जीवन के बीते हुए पलों से किसी भी प्रकार से प्रभावित हुए बिना आने वाले पलों के लिए तैयारी करते रहना चाहिए और सदैव नयी चुनौतियों से निपटने के लिए तत्पर रहना चाहिए। उसी प्रकार सेल्स में भी आपकी कम्पनी कभी आपसे यह नहीं पूछती की पिछले महीनों के नम्बर पूरे करने के लिए आपने कौन कौन से पापड़ बेले, नम्बर रो कर पूरे किए की हँस कर पूरे किए, वो तो बस प्रत्येक महीने और प्रत्येक तिमाही में आपके लिए नए नम्बरों के साथ नयी चुनौतियाँ प्रस्तुत करती है। और इसिलिए सेल्स में भी समझदार लोग कहते हैं की आपको अपने पिछले achievement से प्रभावित हुए बिना अपनी कम्पनी और उत्पादों के लिए नए बाज़ार को बनाने की तैयारी करते रहना चाहिए और सदैव बाज़ार में आने वाली प्रत्येक प्रतिस्पर्धा से निपटने के लिए तत्पर रहना चाहिए।

सौभाग्य से अर्जुन की गिनती भी अब उन्हीं कुछ समझदार लोगों में होने लगी थी, और आज अपनी कम्पनी

के लिए नए बाज़ार की तलाश में वो कानपुर निकल पड़ा था। लेकिन ये सौभाग्य शिवानी के साथ उसके बिगड़ रहे सम्बन्धों में ज़रा भी साथ नहीं दे रहा था। अर्जुन के मन में शिवानी के प्रति पड़े हुए संशय के बीज अब एक विशालकाय वृक्ष का रूप ले रहे थे। अर्जुन को लग रहा था शिवानी और उसका परम मित्र केशव मिलकर उसे शायद धोखा दे रहे हैं। लेकिन बस उसके पास इस बात का कोई साक्ष्य नहीं था, केवल अपनी माला के संकेतों के आधार पर अर्जुन किसी को भी कटघरे में नहीं खड़ा कर सकता था, वो भी तब जब सामने वाला उसकी अपनी पत्नी शिवानी हो, जिसे वो बहुत प्यार करता है, उसका अपना मित्र केशव हो, जिसे वो बचपन से जानता हो। ऐसे में जहाँ अर्जुन वर्क प्लेस में झंडे गाड़कर सफलता के शिखर को छू रहा था वहीं अपने घर में ही, अपने ही सबसे निकट के रिश्तों को संभाल कर रख पाने में वो स्वयं को असफल पा रहा था। जो अनिश्चितता अभी तक ऑफ़िस में थी वहीं अनिश्चितता और असुरक्षा की भावना अब उसे घर में दिख रही थी। ऐसा प्रतीत हो रहा था मानो ज़िन्दगी का एक सिरा पकड़ने की कोशिश करते हैं तो दूसरा सिरा फिसल जाता है।

अभी अर्जुन ये सब सोच ही रहा था कि उसके फ़ोन पर केशव का काल आया।

"हेलो केशव!! कैसे हो?"

"ईश्वर की कृपा से सब बढ़िया चल रहा है अर्जुन, ये बताओ तुम tour से वापिस कब आ रहे हो?"

"मैं.....पता नहीं, अभी तो फ़िलहाल कानपुर में हूँ फिर इलाहबाद जाऊँगा। वहाँ अपनी सेल्स टीम का get together भी है। उसके बाद ही मैं आ पाऊँगा। क्यों कोई ख़ास बात?"- अर्जुन नें पूछा।

"नहीं ख़ास बात कोई नहीं, तुम्हें एक सर्प्राइज़ देना था। दरअसल शिवानी तुम्हें कुछ बताना चाहती है, पता नहीं तुम्हारी प्रतिक्रिया क्या होगी ये सोचकर वो थोड़ा असमंजस में है, इसीलए ये बीड़ा मैंने उठाया है।"

"बोलो" - अर्जुन का दिल बैठा जा रहा था।

"नहीं अब तुम आ जाओ, तभी बात करते हैं, फ़ोन पर हो सकता है तुम नाराज़ हो जाओ'

"पहेलियाँ मत बुझाओ केशव, क्या कहना चाहते हो खुल कर बोलो, शिवानी क्या तुम्हारे साथ है अभी'- अर्जुन नें डरते डरते पूछा।

"नहीं वो उससे फ़ोन पर बात हुई हैं"

"videos के बारे में अर्जुन को बाद में ही बताऊँगा"- ये केशव के अंतर्मन की आवाज़ थी।

"क्या बोली वो फ़ोन पर"- अर्जुन नें हड़बड़ाहट में पूछा।

"कुछ नहीं जो बताने के लिए उसने फ़ोन किया था, वो कुछ ऐसी बात है जिसका ख़ुलासा तुमसे मिलकर ही तुम्हारे चेहरे के हाव भाव को पढ़कर धीरे धीरे किया जाएगा।तुम आ जाओ फिर बात होगी"।

"मंतलब स्पष्ट बोलो केशव!"

फ़ोन कट चुका था। अर्जुन को मानो काटो तो ख़ून नहीं। थोड़ी देर तक अर्जुन उसी अवस्था में जड़वत बना रहा। उसे समझ ही नहीं आ रहा था की ऐसे समय में क्या करे। जीवन को सही में उसके बीते दिनों से कोई सरोकार

नहीं था, वह तो बस हर पल एक समय चक्र की तरह नयी नयी चुनौतियाँ गढ़ने में लगा था। और ये वाली चुनौती माता पिता की मृत्यु से भी बड़ी चुनौती थी, क्योंकि पिछली बार अर्जुन को सम्भालने के लिए शिवानी थी, इस बार शायद उसे स्वयं ही अपने आप को सम्भालना होगा।

अर्जुन ने थोड़ी देर में अपने आप को सामान्य किया और शिवानी को फ़ोन लगाया -

"Hi अर्जुन, कैसा चल रहा है कानपुर में?" - दूसरी तरफ़ शिवानी की आवाज़ आयी।

"तुम्हें कैसे मालूम मै कानपुर में हूँ शिवानी, तुम्हें तो मैंने बताया ही नहीं"।

"केशव नें बताया, अभी बात हुई ना उससे फ़ोन पर"।

"इतनी जल्दी तुम्हारी बात भी हो गयी केशव से, बड़ी ही तीव्र संवाद व्यवस्था है,वैसे क्या सर्प्राइज़ देना चाह रहे हो तुम दोनो मिलकर"- अर्जुन का मन कर रहा था तत्काल कैसे भी उड़कर उस स्थान पर पहुँच जाए जहाँ शिवानी और शायद केशव दोनों साथ हैं, और स्वयं सच्चाई का पता लगाए।

"वो मै तुम्हें लखनऊ आने पर ही बताऊँगी, कब आ रहे हो तुम"- शिवानी बात टाल गयी।

कुछ सोचकर अर्जुन नें कहा - "ठीक है, मुझे एक दो दिन लगेगा, आता हूँ फिर"।

फ़ोन कटते अर्जुन नें कार उठाई और अब तक की सबसे तीव्र गति से लखनऊ की तरह घुमा ली। प्रायः शिवानी JJ Studios में होती थी और स्वयं को घर में बताती थी। अर्जुन की माला नें उसे कभी ग़लत संकेत नहीं

दिए हैं। वो लगभग हर सप्ताह दो से तीन घंटों के लिए JJ Studios में रहती थी, और सम्भव है की आज भी वहीं हो, वो भी केशव के साथ।अर्जुन नें आज बड़े दिनों के बाद beer भी ले ली थी, एक समय शिवानी के कहने पर उसने beer छोड़ दी थी, लेकिन आज वो एक के बाद एक beer ख़त्म करता जा रहा था और अर्जुन की गाड़ी हवा से बात करती हुई लखनऊ तक के बचे हुए किलोमीटर ख़त्म करती जा रही थी, लेकिन अर्जुन को लग रहा था गाड़ी में एक सातवाँ gear भी होना चाहिए।

JJ Studios के बहुत समीप पहुँच कर अर्जुन नें शिवानी को फिर फ़ोन लगाया -

"हेलो" - शिवानी

"कहाँ हो तुम"

"घर पर हूँ, क्या हो गया अर्जुन, रुको कोई आया हुआ है मै तुम्हें घंटे भर में काल बैक करती हूँ"।

"इतनी रात को कौन आया है" - अर्जुन नें पूछा।

"मेरी फ्रेंड वैशाली, मै तुम्हें काल करती हूँ"।

इतनी देर में अर्जुन JJ Studios पहुँच चुका था, उसने फ़ोन काट दिया। दूर से ही उसने देखा शिवानी और केशव JJ Studios के ठीक बाहर खड़े हैं।

अर्जुन गाड़ी से उतरकर लगभग दौड़ता लेकिन लड़खड़ाता हुआ वहाँ पहुँचा, शिवानी और केशव अर्जुन को इस हालत में देखकर हैरान हुए।

इससे पहले की केशव या शिवानी कुछ कहती, अर्जुन नें ही सवालों, आरोपों की छड़ी लगा दी -

"तो ये तुम घर पर हो, पति tour पर है तो उसका फ़ायदा उठाती हो, तुम्हें क्या लगता है मुझे पता नहीं चलेगा, मै तो बहुत दिनों से जानता था, बस तुम्हें रंगे हाथों पकड़ना चाहता था"

"अर्जुन शांत हो जाओ, तुमने ड्रिंक किया है" -शिवानी अर्जुन की इस हालत पर घबरारते हुए बोली, और उसे सम्भालने के लिए आगे बढ़ी।

"दूर हटो मुझसे, मै अपने आपको सम्भाल सकता हूँ, तुमसे मुझे ऐसी आशा नहीं थी "।

थोड़ी देर में वहाँ भीड़ जमा होने लगी। सभी शिवानी और अर्जुन को घूर घूर कर देखने लगे। लोगों को अपना स्वयं का जीवन इतना नीरस लगने लगा है , की वो दूसरों के जीवन में रस ढूँढने के किए ताक झाँक करते फिरते हैं। शिवानी ऐसे में स्वयं को असहज महसूस करने लगी। वो सुबक सुबक कर रोने लगीं।

"ऐक्टिंग करती है कमीनी" - अर्जुन चीख़ते हुए बोला।

"अर्जुन मैं तुम्हें इसीलिए फ़ोन पर नहीं बता रहा था, और वैसे भी वो बात नहीं है जो तुम समझ रहे हो" - केशव नें बात सम्भालने का प्रयत्न किया।

"तुम तो चुप ही रहो कमीने, तुमने मेरे विश्वास का ग़लत फ़ायदा उठाया है......" - इतना कहते कहते अर्जुन सुधबुध खोकर वहीं हुआ वहीं ज़मीन पर गिर पड़ा।

सेल्स रिव्यू 2

अर्जुन हो होश आया तो वो अपने घर पर अपने शयन कक्ष में था। घड़ी देखी सुबह का आठ बज रहा था, आज उसे इलाहबाद में होना था, जयंत पूरी टीम के साथ आ रहा है। उसका मन कर रहा था की छोड़ दे ये नौकरी, यहीं से जयंत को sms करे क़ि अब और नहीं ढो सकता मै ये झूठमूठ का बोझ, वो भी उनके लिए जो या तो उसके प्रति वफ़ादार नहीं हैं या उसे छोड़ कर इस दुनिया से जा चुके हैं।

थोड़ी देर में अर्जुन को अगले कमरे से शिवानी के मोबाइल की घंटी सुनाई दी, देखा केशव का फ़ोन था। शिवानी शायद बाथरूम में थी।

अर्जुन को ना जाने क्या सूझा, उसने गाड़ी उठाई और घर से बाहर निकल गया।

थोड़ी ही देर में अपनी गाड़ी पर सवार अर्जुन लखनऊ की सड़कों पर यूँ ही बिना मतलब चल रहा था। बहुत देर विचार करने की बाद उसने गाड़ी इलाहबाद की तरफ़ घुमा ली।

"बड़ी देर कर दी, चार बजे रिव्यू है"- रजत नें अर्जुन को बताया।"

"रिव्यू फिर से??, ये साले सुधरेंगे नहीं। ये बताओ रजत, अब यहाँ कौन सा तुक़ बनता है रिव्यू लेने का"।- अर्जुन झुँझलाते हुए बोला, वैसे भी पिछले दिन का JJ Studios पर शिवानी के साथ उसका अनुभव अच्छा नहीं रहा। वो चला तो आया था वहाँ लेकिन उसे कहीं अंदर ही अंदर कुछ कचोट रहा था, ऐसा प्रतीत हो रहा था मानो उसके जीवन के अंधेरों में शिवानी के कारण जो थोड़ी बहुत रोशनी की किरण आ रही थी, वो रोशनी भी उससे छिन गयी थी। पता नहीं क्या कर रही होगी शिवानी? उसको फ़ोन करूँ या ना करूँ? लेकिन वो मेरे साथ ऐसा कैसे कर सकती है। अर्जुन का सर इन्हीं सब ऊहापोह की स्थिति से फटा जा रहा था, उपर से ये जयंत नें रिव्यू रख लिया।

"तो वो जयंत टीम के साथ नहीं आ रहा क्या आज, उसने आना था"- अर्जुन नें रजत से पूछा।

"नहीं वो सब स्काइप पर होंगे आज, अरे आप क्यों टेन्शन ले रहे हो अर्जुन भाई आपके तो नम्बर पूरे हैं, डरना तो हम ग़रीबों को चाहिए"-रजत बोला।

"वैसे भी इनकी तो लॉटरी लग गयी हैं कुम्भ के नाम की"। - ये रजत की ही आवाज़ थी।

अर्जुन नें ये भी सुना, बहुत देर तक अपने सबसे बड़े शुभ चिन्तक और प्रशंसक को बिना एक भी शब्द कहे बस देखता रहा, जैरो स्थिति का आकलन कर रहा हो, जीवन में अब तक का सबसे बहुमूल्य रिश्ता खो देने के बाद आज अर्जुन को ये मित्रता का रिश्ता भी हाथ से फिसलता दिख रहा था। रजत ऐसा कैसे सोच सकता है मेरे बारे में। मैंने यहाँ अथक परिश्रम किया है, तब जाकर ये महत्वपूर्ण ऑर्डर मुझे मिला है और इसको लग रहा है ये मेरी लॉटरी निकली है?

"क्या सोच रहे हो अर्जुन भाई, आप क्यों डर रहे हो रिव्यू से? कहीं आप अभी भी अपने पिछले रिव्यू के सदमे में तो नहीं हो?" - रजत मुस्कराते हुए बोला।

"रजत कहीं तुम्हें ऐसा तो नहीं लग रहा की ये कुम्भ का जो ऑर्डर आया है, वो एक फ़्लूक मात्र है" - अर्जुन नें आख़िर पूछ ही लिया।

"अरे नहीं नहीं अर्जुन भाई ऐसा बिलकुल भी नहीं है" - रजत प्रत्यक्ष रूप से बोला। लेकिन अंतर्मन में फिर से अर्जुन को उसका कटाक्ष सुनाई दिया - *"वैसे तुम जो वाणी के चक्कर में यहाँ तीन महीने से पड़े हो, कोई भी पड़ा होता तो उसका तो ऑर्डर बन ही गया होता"।*

इन तरह के ख़ुलासों से अर्जुन अब थक चुका था, तो उसने कोई प्रतिक्रिया नहीं दी।

चार बजे स्काइप पर रिव्यू चालू हुआ। स्क्रीन पर जयंत, उसकी पूरी सेल्स टीम और केतन सर थे।

रिव्यू पूरे एक घंटे चला, सभी नें अपने अपने क्षेत्र की उपलब्धियाँ गिनायी। अर्जुन नें भी कुम्भ समेत पिछले दिनो जो जो डील्स क्रैक की थी, सबके बारे में बताया। केतन सर आज पिछले रिव्यू की अपेक्षा सभी के रिव्यू में शांत ही थे। लेकिन अर्जुन को आज उनकी शांति नहीं चाहिए थे। कुम्भ में उसके काम के बारे में रजत की ऐसी टिप्पणी के बाद, और पिछले दिन शिवानी के साथ के भयंकर अनुभव के बाद आज अर्जुन की आशा उस पर जा टिकी जिससे उसे आरम्भ से ही सबसे कम आशा थी। अर्जुन उनसे छोटी सी ही सही लेकिन किसी भी प्रकार की सराहना की आशा कर रहा था। जीवन आपको पल पल चुनौतियाँ अवश्य देता है, किंतु इसके साथ सांत्वना भी

देता है, गम्भीर से गम्भीर परिस्थितियों में भी खड़े होकर जीने का कारण देता है। अर्जुन भी अपने असफल लग रहे जीवन में ऐसी ही किसी सांत्वना को केतन सर में ढूँढ रहा था।

अंत में केतन सर बोल ही पड़े -

"और अर्जुन कुम्भ में कैसा चल रहा है"।

"सर इन्स्टालेशन तो कब की समाप्त हो चुकी थी, अभी तो मेला समाप्त भी होने वाला है"।

"रजत बता रहा था, कई जगह analytics का अलार्म नहीं बज रहा है, ये सुरक्षा की दृष्टि से घातक है, क्या आपने अपनी टेक्निकल टीम को इसके बारे में बताया"।

"सर मै चेक करा लेता हूँ"

"ऐसी लापरवाही ठीक नहीं है, अर्जुन। माना वो आपका काम नहीं है, लेकिन चूँकि आप यहाँ हैं तो आपको भी ध्यान रखना चाहिए था।"- केतन सर अर्जुन से बोले।

अर्जुन का सब्र का बाँध अब टूट रहा था, सराहना के स्थान पर आरोप लगवा लो इनसे, टाँट कसवा लो, इनकी नीयत ही नहीं है। अर्जुन अभी कुछ कहना ही चाहता था की केतन सर आगे बोले -

"जयंत मै चाहता हूँ की पूरी टीम अगले सप्ताह HO आए, वहीं विस्तार से बात करेंगे"।

"ओके सर" - जयंत नें हामी भारी।

"सारी घोषणाएँ वहीं की जाएँगी"- केतन सर नें सोचा।

"ठीक है अर्जुन see you there" - केतन सर बोले।

"सर क्या आपको ऐसा लगता है कि यहाँ काम अच्छा नहीं हुआ है?"- अर्जुन नें अप्रत्याशित प्रश्न दागा, जिसकी किसी को आशा नहीं थी। अब ये पिछले दिन का हैंगोवर था, या जीवन में एक के बाद एक हो रहे कड़वे अनुभवों की टीस, अर्जुन आज केतन सर के किसी भी प्रकार के अपमानजनक शब्दों का प्रत्युत्तर देने के लिए पूरी तरह से तैयार था।

"नहीं मैंने ऐसा तो नहीं कहा अर्जुन, लेकिन आप यदि किसी बड़े प्रोजेक्ट में सफलता अर्जित करते हैं ख़ास तौर से कुम्भ जैसे सुरक्षा के लिहाज़ से संवेदनशील समारोह से, और उसका सम्पूर्ण श्रेय लेने की इच्छा भी रखते हैं तो ये आपकी नैतिक ज़िम्मेदारी बन जाती है की आप प्रोजेक्ट सम्पूर्ण रूप से अपना लें और हर छोटी बड़ी त्रुटियों का निस्तारण करने में सक्षम हों' - केतन सर स्क्रीन के दूसरी तरफ़ से बोले।

अर्जुन अपने स्वयं के नियंत्रण में नहीं लग रहा था। वो जो सुनना चाह रहा था केतन सर वो नहीं बोल रहे थे और फ़ालतू का ज्ञान झाड़ रहे थे। अब तक की गतिविधियों से उकता चुके अर्जुन नें अब स्वयं के पैर पर कुल्हाड़ी मारना चालू कर दिया।

"सर जी मुझे मालूम है, आप मुझे कभी मेरा due credit नहीं देंगे।असल में आपकी शुरू से ही नीयत ही नहीं है किसी एम्प्लॉई को उसके अधिकार का उसके हक़ का कुछ भी देने की। इतनी मेहनत और लगन मै Securitas के लिए कर सकता हूँ तो किसी भी कम्पनी के लिए कर सकता हूँ।"

"अर्जुन ये क्या अनाप शनाप बोल रहे हो" - जयंत अर्जुन के इस अकस्मात् बदले हुए व्यवहार से चकित था।

"ये बकरी शेर कैसे बन गयी आज, वो भी पागल शेर, इसको तो गोली लगनी तय है आज" -रजत मन ही मन सोच रहा था।

रजत की बात सुनकर भे अर्जुन नें अनसुनी कर दी, उसके निशाने पर तो आज केतन सर ही थे।

"चुप रहो जयंत, मै अनाप शनाप नहीं बोल रहा हूँ, वही बोल रहा हूँ जो सच है।मुझे इनके परम ज्ञान की कोई आवश्यकता नहीं है"- अर्जुन पूरी तरह से आपा खो चुका था।

"टीम ये रिव्यू मैं यहीं समाप्त कर रहा हूँ।आप सबसे अगले सप्ताह HO में ही भेंट होगी।अर्जुन by then come back to your senses।bye"-केतन सर नें सारी बातों का अनदेखा कर के मीटिंग समाप्त की और log आउट कर गए।

स्क्रीन पे जयंत और टीम के अन्य सदस्य अभी भी थे।

थोड़ी देर तक शांति छायी रही, टीम के बाक़ी सदस्य अभी स्थिति का आकलन कर ही रहे थे की स्क्रीन के दूसरी तरफ़ जयंत नें चुप्पी तोड़ी-

"ये तुमने क्या किया अर्जुन। तुम क्या केतन सर को जानते नहीं हो। तुम क्या चाहते हो वो तुम्हारे हाथ पैर जोड़े की अर्जुन जी धन्यवाद जो आपने हमारी कम्पनी के लिए इतने बड़े बड़े ऑर्डर्स क्रैक किए। वो HO में कुछ लोगों के प्रमोशन की घोषणा करने वाले थे और उनमे तुम्हारा नाम भी था।" - ये कहकर जयंत भी स्क्रीन से log out हो गया।

"गयी भैंस पानी में" - रजत मन ही मन मुस्करा रहा था।

लूज़र

शाम का समय हो चला था। कंट्रोल रूम में रजत और अर्जुन अपने अपने ही विचारों में खोए हुए थे। अगले दिन दोनो को अपने अपने शहर प्रस्थान करना था।

अन्यमनस्क सा अर्जुन आज अपने माता पिता को बहुत याद कर रहा था। उसके सभी व्यक्तिगत रिश्तों के इलावा आज शायद प्रोफेशनल career भी समाप्त हो चुका था।केतन सर को वो क्यों नहीं समझ पाया, माला के समीप रहने के बाद भी वो उनके मन के विचारों को क्यों नहीं समझ पाया। उसके अपने अंतर्मन नें ही उसको धोखा दिया। आज शायद वो जीवन में सभी कुछ खो चुका था। पता नहीं भविष्य की गर्त में और क्या क्या छिपा है, पता नहीं शिवानी क्या कर रही होगी, उसने ऐसा क्यों किया, कहीं JJ Studios में हुई वो घटना सच में उसकी कोई ग़लतफ़हमी तो नहीं थी जैसे आज केतन सर के साथ हो गयी थी। उसके अपने अंतर्मन नें ही उसको धोखा दे दिया था। लेकिन अगर कोई ग़लतफ़हमी होती तो कम से कम शिवानी कॉल तो कर सकती थी। हालाँकि केशव का कई बार फ़ोन आ चुका था अब तक लेकिन अर्जुन नें केशव की कोई भी कॉल नहीं रिसीव की। अंततः अर्जुन नें अपना मोबाइल ऑफ़ ही कर दिया।

"अर्जुन भाई, वो देखो तुम्हारी Deep Asset"- इतनी देर में CCTV स्क्रीन पर देखते हुए रजत बोला।

"मतलब" - अनमने से अर्जुन नें रजत की तरफ़ देखकर बोला।

"अरे वही जिसने तुम्हारे दिल पर Deep Impact बना दिया है"-रजत की चुहलबाज़ी अभी भी जारी थी।

अर्जुन नें स्क्रीन पर देखा वाणी स्वामी अखिलानंद जी के पंडाल के निकट यमुना तट पर थी।

"मैं अभी आया" - अर्जुन ये बोलकर कंट्रोल रूम से बाहर निकल गया, कानो में फिर भी रजत की फ़ब्तियाँ सुनाई दे रही थी।

कंट्रोल रूम से निकल कर अर्जुन भी स्वामी अखिलानंद जी के पंडाल की तरफ़ चल पड़ा। पंडाल के लाउड्स्पीकर से स्वामी जी के प्रवचनों की आवाज़ स्पष्ट सुनाई दे रही थी। –

"राधा सभी गोपियों में कृष्ण को सबसे अधिक प्रिय थी, किंतु उन्हें इस बात का ज्ञान था कि कृष्ण की ज़रूरत समाज में, राजनीति में और भी बड़े बड़े काम करने के लिए हुआ है, वो कृष्ण से दूर रहकर भी उनके समीप थी।उनका मिलन आध्यात्मिक स्तर पर था।"

अर्जुन नें देखा वाणी भी वहीं पास ही में यमुना नदी के कल कल करते जल को निहारे जा रही थी। शाम की आरती के बाद अब रात का समय हो गया था, लेकिन सायबीरीयन पक्षी अपना कलरव जारी रखे हुए थे। ऐसे में भविष्य के प्रति अनिश्चित सा अर्जुन अनायास ही

वाणी के पास पहुँचकर वहीं समीप में खड़ा हो गया। अर्जुन के आगमन से अनभिज्ञ वाणी अभी भी यमुना की तरफ़ कहीं शून्य में ताक रही थी। इन तीन महीनों में यदा कदा यमुना के जल को निहारना और साथ में स्वामी अखिलानंद जी के प्रवचनों को सुनना वाणी की एक ज़रूरी आदत बन गया था। नदी के जल के ऊपर से बहती हुई शीतल वायु वाणी के गालों को छूती हुई उसके कानों में मधुर संगीत घोल रही थी। काश कि ये सब मात्र मेले के इन ढाई तीन महीनो तक के लिए ही सीमित ना होता। काश कि मेले की ये छटा, पक्षियों का ये कलरव हमेशा ही उपलब्ध रह पाता। ये ढाई महीने वाणी के सामने देखते ही देखते यूँ निकल गए जैसे समय की रेत। समय को यूँ हाथ से फिसलने से रोकने का असफल प्रयास करती वाणी अपने में ही खोयी हुई थी। वहीं दूसरी तरफ़ अर्जुन से ये समय कट नहीं रहा था। जीवन के अब तक के सबसे कठिन समय को कैसे काटा जाए, कैसे इसे बदला जाए!! यही सब सोचते हुए अर्जुन को ना तो स्वामी जी का प्रवचन अच्छा लग रहा था, ना ही पक्षियों का कलरव और ना ही यमुना नदी का किनारा। समय एक ही था लेकिन मनुष्य की मनोस्थिति के अनुसार किसी को कठिन लगता है तो किसी को अनुकूल। वो कहते हैं ना कि -

"कई खट्टे मीठे पलों से भरी है ये ज़िंदगी।

सुख में छोटी तो दुःख कितनी बड़ी है ये ज़िंदगी।।"

लेकिन यहाँ वाणी और अर्जुन दोनों ही दुखी थे, वाणी समय के जल्दी बीत जाने के कारण, और अर्जुन समय के ना कटने के कारण।

अर्जुन नें वाणी को कंधे पर स्पर्श किया -

"हेलो वाणी"।

"ओ Hi, कैसे हो अर्जुन, तुम यहाँ क्या देर से खड़े हो, मैंने तो नोटिस ही नहीं किया" - वाणी बोली।

"इसमें तुम्हारी कोई ग़लती नहीं है वाणी, मुझे तो समय ने ही नोटिस करना बंद कर दिया है, साला बिना कोई सूचना दिए ही करवट बदल लेता है।"- अर्जुन उदास स्वर में बोला।

"क्या हुआ अर्जुन? तुम ठीक तो हो?"

वाणी की कमर पर हाथ रख कर अर्जुन वाणी के समीप आ गया और बोला -

"वाणी मुझे तुम्हारे सपोर्ट की ज़रूरत है।"

अर्जुन की ऐसी हरकत देखकर वाणी हैरान होते हुए दो क़दम पीछे हटी।

"ये क्या कर रहे हो अर्जुन, तुम होश में तो हो"- वाणी नें ऐसा अर्जुन पहली बार देखा था।

अर्जुन का हाथ अभी भी वाणी की कमर पर था, दूसरा हाथ उसके गालों के पास पहुँच गया। अर्जुन अब वाणी के अत्यंत निकट आ गया था - "वाणी ज़िंदगी मेरे साथ खिलवाड़ कर रही है, मेरा बॉस, मेरे ऑफ़िस के college, यहाँ तक की मेरी अपनी पत्नी शिवानी ने भी मेरा साथ छोड़ दिया है"।

"अर्जुन!!"- वाणी अर्जुन का हाथ छिटक कर ज़ोर से चिल्लाई। लेकिन अर्जन तो पागल हो गया था। उसने फिर से वाणी के निकट आने का प्रयत्न किया।

चटाक!!! वातावरण में वाणी का अर्जुन को थप्पड़ चारों ओर गूँज उठा।

थोड़ी देर के लिए वायु का बहना रुक गया, नदी के जल नें कल कल करना बंद कर दिया। और सायबीरीयन पक्षी अपना कलरव बंद करके अर्जुन की तरफ़ क्रोध से देखने लगे।

अर्जुन को लगा समूची सृष्टि उसे ही देख रही है।

"अर्जुन मुझे तुमसे ऐसी आशा नहीं थी, जीवन में कैसी भी परिस्थिति मनुष्य को अपनी मनुष्यता छोड़ने के लिए बाध्य नहीं कर सकती। तुम मेरी नज़रों में आज गिर गए हो अर्जुन, चले जाओ यहाँ से"।

"वाणी क्या ये सच नहीं है, की तुम मन ही मन मुझे चाहती हो, तुम किससे ये बात छिपा रही हो, मुझसे जिसने कई बार तुम्हारे मन की बात अपने अंतर्मन में सुनी है। भूल गयीं मैंने एक बार तुमसे ये कहा था।मै लोगों के मन के बात समझ सकता हूँ, तुम अपनी भावनाएँ मुझसे नहीं छिपा सकती हो वाणी"।

"मैं ये सब नहीं मानती और तुम जो मेरे बारे में बोल रहे हो अगर वो सच भी है तो वो मेरा सच है अर्जुन" - वाणी झुँझलाते हुए बोली।

"और तुम्हारा सच ये है अर्जुन कि तुम्हें एक बहुत ही ज़्यादा प्यार करने वाली पत्नी मिली है, ऐसी पत्नी जो तुम्हारे सुख के लिए, तुम्हारे मन की शांति के लिए कुछ भी कर सकती है। पता नहीं कैसी शक्ति है तुम्हारे अंतर्मन की जो अपनी पत्नी के मन की बात नहीं जान पाए और मेरे मन की बात जानने का दावा करते हो। जाओ अर्जुन

जीवन में किसी के मन को पढ़ने के लिए किसी भारी भरकम शक्ति की आवश्यकता नहीं होती। थोड़ी सी समझ और दूसरों के दृष्टिकोण से विषय को समझने की पहल ही पर्याप्त है किसी के भी मन की बात को समझने के लिए। मैंने कैसे ये जान लिया की तुम्हें कुम्भ में मेरी मदद की ज़रूरत है, मेरे पास तो कोई शक्ति नहीं है।"

अपने प्रति वाणी की भावनाओं को लेकर आश्वस्त अर्जुन को उससे ऐसी प्रतिक्रिया की आशा नहीं थी। तो वाणी नें उसे सिर्फ़ एक अच्छा मित्र ही माना है हमेशा। शायद उसने आज वाणी जैसा अच्छा मित्र भी खो दिया है। उसने देखा इतना सब होने के बाद भी वाणी वहीं खड़ी हुई वैसे ही शून्य में निहार रही थी यमुना के उस पार।

थोड़ी देर में वाणी अर्जुन की तरफ़ पलटी और उसके चेहरे के हाव भावों को पढ़ते हुए बोली -

"अर्जुन ये सच है कि मैं तुम्हें पसंद करती हूँ और इसलिए मैंने भरसक प्रयास किया की तुम्हारे किसी काम आ सकूँ, लेकिन इसका ये क़तई मतलब नहीं है की मै तुम्हारा परिवार तोड़ना चाहती हूँ, और शिवानी से मिलने के बाद तो बिलकुल भी नहीं। तुम्हारी पत्नी होने के साथ साथ अब वो मेरी अच्छी मित्र भी है।" - वाणी के अश्रुपूरित नेत्र उसकी सच्चाई का साक्ष्य दे रहे थे।

"शिवानी मुझे धोखा दे रही है, मैंने स्वयं उसे रंगे हाथों पकड़ा है, वो मुझसे झूठ बोल रही थी कि वो घर पर है लेकिन वो केशव के साथ थी।"

"तुम फिर ग़लत हो अर्जुन, शिवानी तुम्हें तुम्हारी नौकरी में परेशान और दबाव में काम करते देख आर्थिक

रूप से भी परिवार में योगदान करना चाहती है, इसीलिए वो घर सम्भालने के इलावा भी कोई अन्य कार्य करना चाहती है जिसमें तुम्हारा मित्र केशव उसकी मदद कर रहा है। और हाँ एक बात जान लो अर्जुन घर सम्भालना भी एक महत्वपूर्ण योगदान है, वो भी तुम्हारे जैसे शक्की आदमी के साथ।"-वाणी के रहस्योद्घाटन से अर्जुन अवाक रह गया।

"केशव किस प्रकार की मदद कर रहा है, ऐसा कौन सा काम है कि उन्हें मुझसे झूठ बोलना पड़ा। और तुम्हें सब बता दिया।"

"क्यों तुम्हारी शक्तियाँ सच को उजागर नहीं कर पा रहीं हैं। अपने मैं का दायरा बढ़ाओ अर्जुन।लोगों के दृष्टिकोण से भी सोचना शुरू करो। और सच को जानने का सबसे बढ़िया तरीक़ा जानते हो क्या होता है। लोगों से मुँह खोलकर स्वयं पूछ लेना। क्या तुमने शिवानी से बात कर के पूछा कि सच क्या है, क्या केशव से बात की।" - वाणी लगभग डाँटते हुए बोली।

वाणी की बात सच थी, अर्जुन लखनऊ से ऐसे ही बिना किसी को कुछ बताए ही निकल आया था। और उससे पिछली रात भी वो शिवानी और केशव को साथ देखकर ऐसा आगबबूला हुआ था की उसने किसी को कुछ बोलने का मौक़ा ही नहीं दिया था। अब तक की अपनी ग़लतियों और वर्तमान स्थिति का आकलन करते अर्जुन को कुछ सूझ ही नहीं रहा था।

अर्जुन नें देखा वाणी वहाँ से जा रही थी। अर्जुन नें उसे रोकने का प्रयास भी नहीं किया। पता नहीं अब वो उससे दोबारा नज़र मिल पाएगा या नहीं।

उधर स्वामी अखिलानंद जी अपना प्रवचन समाप्त कर रहे थे -

"युगों युगों तक राधा जी अपने प्रेम, त्याग और समर्पण के लिए जानी जाएँगी।"

इधर अर्जुन गहन विचार मुद्रा में अभी भी जड़वत वहीं खड़ा था। अर्जुन को आज ये एहसास हुआ की जीवन में रिश्तों को लेकर उसकी समझ कितनी छोटी है। वो शिवानी को नहीं समझ पाया, वाणी को नहीं समझ पाया, केतन सर,केशव! उसने कभी अपने आप से आगे निकल कर लोगों के बारे में सोचा ही नहीं।

"जब तक तुम अपने मैं का दायरा नहीं बढ़ाओगे जीवन भर अकेले ही रहोगे" - अर्जुन को अपनी माँ के ये शब्द रह रह कर याद आ रहे थे।

अर्जुन की विचार शृंखला को रजत नें तोड़ा। अर्जुन नें देखा वहाँ रजत आ चुका था - "क्या हुआ अर्जुन भाई, CCTV स्क्रीन पर देखा मैंने - ये Deep Impact दिल की जगह गाल पर कैसे बन गया?"

चटाक!! वातावरण एक बार फिर से इस आवाज़ से गूँज उठा, अबकि बार अर्जुन का थप्पड़ रजत के गाल पर था। इस आवाज़ के अभ्यस्त हो चुके सायबीरीयन पक्षियों ने अबकी बार अपना कलरव जारी रखा। सृष्टि में कहीं कोई अंतर नहीं पड़ा।

रजत बिना कुछ बोले वहाँ से जाने लगा - *"कमीना साला, वैसे ठीक ही हुआ इसके साथ"*।

अर्जुन नें अपने मन में गूँज रही रजत की इस आवाज़ को अनदेखा कर दिया। उसे अब चिढ़ हो गयी थी ऐसी

आवाज़ों से। उसने गले से माला निकाली और यमुना नदी के जल को समर्पित कर दी। जल में बहती हुई माला दूर कहीं संगम में विलीन हो गयी, और इसके साथ ही विलीन हो गयी थी अर्जुन के अंतर्मन की शक्तियाँ। शायद अब उसे स्वयं पर विश्वास करना सीखना होगा।

"ये चीज़ तुम्हें लोगों को समझने में मदद करेगी, लेकिन जिस दिन तुम्हें लगा की अब इसकी ज़रूरत नहीं है, उस दिन तुम जीवन को समझ चुके होगे"- माँ की ये बात आज सच हो रही थी।

अर्जुन नें अपना मोबाइल ऑन किया और पहला काल शिवानी को लगाया।

शिवानी का फ़ोन नहीं उठने के बाद अर्जुन नें केशव को फ़ोन लगाया।

"हेलो!" - केशव की आवाज़ आयी।

"सारी यार, ग़लतफ़हमी हो गयी।"

"तुम्हारा हर बार का है यार, लेकिन इस बार कुछ ज़्यादा नहीं हो गया अर्जुन?"

"ग़लतफ़हमी भी तो बड़ी थी यार।"

"शिवानी को अपना You Tube चैनल लॉच करना था, वो खाना तो अच्छा बनाती ही है। उसने तुमसे टिफ़िन सर्विस शुरू करने के लिए पूछा तो तुमने मना कर दिया। फिर उसने निर्णय लिया अपने कुकिंग विडीओज़ शूट करके वो You Tube चैनल शुरू करेगी। उसे डर था तुम इसके लिए भी मना कर दोगे। फिर उसने मेरी मदद माँगी और हमनें निर्णय लिया की दस बारह विडीओज़ शुरू करने के बाद तुम्हें सर्प्राइज़ देंगे"।

"तो कम से कम तुम तो मुझे बता देते यार।"

"और तुम जैसे फिर शिवानी को allow करते, ठीक है तुम भैया मुझसे बाद में निपटना तुम पहले शिवानी को शांत करो।"-केशव झुँझलाते हुए बोला।

"शिवानी कहाँ है अभी, मेरा फ़ोन नहीं उठा रही"।

"वो अपने घर प्रतापगढ़ में है। तुमसे नाराज़ है, एक तरफ़ कह रही है तुमसे बात नहीं करेगी, दूसरी तरफ़ रो रो के बुरा हाल है उसका"।

केशव से बात करके अर्जुन नें बिना एक भी क्षण गँवायें प्रतापगढ़ की ओर प्रस्थान किया।

घर वापसी

सुबह का समय हो गया था। अर्जुन शिवानी को मनाने का भरसक प्रयास कर रहा था। शिवानी थी कि अर्जुन की एक नहीं सुन रही थी।

"मुझ पर शक करके तुमने मेरे प्यार का, हमारे रिश्ते का अपमान किया है अर्जुन" - शिवानी रोते रोते बोल रही थी।

"यार तुम एक दम सही हो, इस बार माफ़ कर दो प्लीज़। वो तुम केशव के साथ थी ..."

"तो तुम भी तो घंटों बैठे रहते थे वाणी के साथ, क्या तुमने मेरे विश्वास को कभी डगमगाते हुए देखा" -अर्जुन की बात बीच में ही काट कर शिवानी चिल्लाते हुए बोली।

आत्मग्लानि से लज्जित अर्जुन अपनी पिछली रात को याद करके दुखी था। शिवानी का क्रोध कहीं से भी ग़लत नहीं था। एक तरफ़ विश्वास से सराबोर निश्चल शिवानी का अटूट प्रेम, और दूसरी तरफ़ संशय से भरे हुए अर्जुन का स्वार्थ। हाँ ये उसका स्वार्थ ही था, जो उसे धोखा दे रहा था, माँ की दी हुई माला नहीं।

"शिवानी, मै अपने किए पर लज्जित हूँ, प्लीज़ एक मौक़ा और दे दो। चलो लखनऊ चलो मेरे साथ मै तुम्हारे हर क़दम पर तुम्हारे साथ हूँ, विश्वास करो"।

"मुझे नहीं चलना तुम्हारे साथ, तुमने मुझे बहुत परेशान किया है"-

ये कहकर शिवानी अर्जुन की बाहों में आकर सुबक सुबक कर रोने लगी। अर्जुन के साथ कभी ना वापिस चलने की क़समें खाने लगी। शिवानी के शब्द चाहें जो भी हों, उसकी आँखे वो सब कह रही थी जो एक परिवार को साथ लेकर चलने वाली, निस्वार्थ भाव से अपने सपनों को और अस्तित्व तक को बलिदान करने वाली पत्नी कहना चाह रही थी। आज अर्जुन के पास माला नहीं थी, और उसे माला की ज़रूरत थी भी नहीं। अर्जुन नें भी शिवानी की आँखों के आँसू पोछते हुए उसे अपनी बाहों में समेट लिया।

वहीं दूसरी तरफ़ जिस शिवानी को अर्जुन की सिर्फ़ हाँ, हुम्म में किए हुए वार्तालाप से शिकायत रहती थी, उसे भी आज अर्जुन की चुप्पी में भी सब कुछ सुनाई दे रहा था, सब कुछ समझ आ रहा था। दोनो का ये शान्त और निशब्द संवाद बहुत देर तक चलता रहा।

* * *